DER AMERIKANISCHE INVESTOR

JAN PETER BREMER

DER AMERIKANISCHE INVESTOR

Roman

BERLIN VERLAG

Meiner Straße

Der Streit letzte Nacht war heftig gewesen, und als seine Frau am Morgen die Wohnung verlassen hatte, lag er noch wie betäubt in seinem Bett. Nicht einmal ihre morgendlich schweren Schritte hatte er vernommen. Vermutlich war es die seit Wochen anhaltende Hitze, die ihn erschöpfte. Oder hatte ihn dieser Streit doch stärker angegriffen?

Er sah auf die weiße Wand, vor der sein Tisch stand. So schlimm war dieser Streit gar nicht gewesen und auf keinen Fall würde dieser Streit ihn davon abhalten können, sich gleich, mit gesammelter Kraft, in die Arbeit zu stürzen.

Er nickte und schloss die Augen. Den Kopf willensstark nach vorn gestreckt, geduckt, die braungebrannten Füße wie auf das Brett geklebt, so würde er heute mit dem Stift über die Seiten seines Notizbuches reiten, ein Surfer mit stahlblauen Augen in stetem Wirbel zwischen Himmel und Meer.

Wieder sah er auf die nackte Wand. Hatte er dieses Bild nicht schon gestern zur gleichen Stunde vor Augen gehabt und handelte es sich bei diesem Bild nicht sogar um eines der Fotobildchen, die sich sein Sohn vor kurzem aus einer Zeitschrift ausgeschnitten und mit Tesafilm über seinem Bett angebracht hatte? Das gelbe Surfbrett, der straffe und kräftige Körper, die wilde, vom Salzwasser verklebte blonde Mähne.

Er sah auf sein Notizbuch hinab. Heute war nicht gestern. Heute war ein anderer Tag. Heute hatte er doch bereits einen Satz im Kopf gehabt, den er sich unbedingt notieren wollte. Einen fassbaren Satz, der einen tiefen Eindruck in ihm hinterlassen hatte. Nur, wo war dieser Satz jetzt hin und was wurde in ihm erörtert? Hatte er diesen Satz selbst, aus eigener Kraft, geformt oder hatte er ihn aus einem fremden Mund empfangen?

Mit den Fingerknöcheln begann er sich in gleichmäßigem Takt gegen die Stirn zu klopfen. Wo war ihm dieser Satz begegnet? Er musste den Tag noch einmal von vorn durchgehen. Das Frühstück, eine Banane, hatte er in seinem Sessel zu sich genommen, und dann? … Er hatte den Ball eingesteckt und war mit dem Hund in den Park spaziert. Wie an allen diesen anderen heißen Vormittagen hatte er auch heute den Ball in den künstlichen Wasserlauf geworfen, der den steilen Hang des Parks hinabfließt. Anstatt den Ball jedoch zu ihm zurückzubringen wie sonst, war der Hund auf der anderen Seite des Ufers an Land gesprungen. In unmittelbarer Nähe von leicht bekleideten Menschen, die erschreckt zur Seite wichen, hatte er sich die Nässe aus dem Fell geschüttelt, mit einer übermütigen Bewegung des Kopfes den Ball in die Luft geworfen und war ihm dann den Hang hinunter hinterhergetobt.

Wieder fühlte er den Ärger des Vormittags in seinem Gesicht aufflammen und sah unter seinen Schreibtisch, wo der Hund lang ausgestreckt auf dem Bauch lag. Warum hob der Hund nicht den Kopf, wenn er zu ihm hinabschaute? Warum zuckte er nicht einmal mit den Augenlidern? Was war nur los mit dem Hund? Das hatte er sich schon im Park gefragt. Mehrmals hatte er ihn, nachdem auch er den Wasserlauf an einer schmalen Stelle überquert hatte, rufen müssen, und als der Hund dann endlich zu ihm zurückgetrottet kam, da hatte er den Ball nicht mehr bei sich.

Er lehnte sich zurück. Es kam ja gar nicht so selten vor, dass der Hund im Park seinen Ball versteckte oder wie absichtlich liegen ließ. Nur entfesselte dann die Frage: »Wo ist der Ball?«, bei ihm die allergrößte Lebhaftigkeit und im Nu kam er wieder von irgendwoher mit dem Ball im Maul angesprungen. Heute jedoch, ganz gleich wie er ihm die Frage gestellt hatte, ob er sie geflüstert, gezischt, gesäuselt oder mit spitzen Lippen vor sich hin geflötet hatte, schien sie dem Hund jedes Mal nur noch fremder geworden zu sein. Als würde gar nicht zu ihm gesprochen, mehr noch, als hätte ihn jeglicher Mut verlassen, hatte er seinen Kopf gesenkt und begonnen, mit einer Gleichgültigkeit, die seinem sonstigen Wesen zuwiderlief, an einem Grashalm herumzuknabbern.

Er holte tief Luft. Vermutlich war es die Gleichgültigkeit des Hundes, die ihn bewogen hatte, mit dieser Entschiedenheit nach dem Ball zu suchen. In jedes Gebüsch im näheren Umkreis war er mehrfach hineingekrochen, hatte irgendwann sogar angefangen, Steine zu wenden, und immer wieder hatte er dabei diese barfüßige, junge Frau erblickt, die plötzlich eine rote Sandale direkt vor seinem Gesicht hin und her baumeln ließ. Ob er nicht zufällig die dazugehörige zweite gesehen habe, hatte sie ihn gefragt, und sich, kaum, dass er den Kopf geschüttelt hatte, auch schon wieder von ihm abgewandt und stur ihre eigene Suche fortgesetzt.

Er sah auf sein Notizbuch hinab. Ein anständiger Mensch hätte ihn doch in diesem Moment fragen müssen, was er denn eigentlich verloren habe und ob man vielleicht behilflich sein könne. Dieser Gedanke aber war der jungen, barfüßigen Frau nicht im Entferntesten gekommen. Auch die Art ihrer Suche ließ jede Ernsthaftigkeit vermissen. Vielmehr flanierte sie, als wäre sie nur für diesen Moment geboren, in unendlicher Selbstverliebtheit kokett auf und ab. Wie konnte ein Mensch überhaupt einen Schuh verlieren und wie würde er reagieren, wenn das einem seiner Kinder passieren würde? Auch diese Frage hatte ihn bereits im Park beschäftigt, und als er nur wenig später aus einem Gebüsch herauskroch und erneut vor der jungen, barfüßigen Frau stand, da sagte sie, ihre Lehre des heutigen Tages sei, dass man auch loslassen können müsse.

Hart fühlte er den Ruck, der ihm durch den Körper fuhr. Kerzengerade saß er jetzt am Tisch. Dann sank er erleichtert wieder in sich zusammen. Das war nicht der Satz, nach dem er suchte.

Wieder sah er auf sein Notizbuch hinab. Völlig spurlos war dieser dumme Satz, den die junge, barfüßige Frau ihm so leichtfertig ins Gesicht geworfen hatte, jedoch nicht an ihm vorübergegangen. Zumindest hatte er seine weitere Suche bestimmt, denn statt wie bis dahin mit höchster Konzentration und Schritt für Schritt den Boden unter sich abzugrasen, war ihm nun, als sehe er sich selbst bei der Suche zu. Ein paarmal hatte er sich sogar bereits umgesehen, ob die Leute am Ufer ihn schon beobachteten, und auch deshalb hatte er mit einer energischen Bewegung den Kopf gehoben und die Suche für beendet erklärt. Dann hatte er den Hund gerufen, der neben einem großen Stein schläfrig in die Sonne blinzelte, und war nach Hause gegangen.

Er hob den Blick zur Wand. Hatte er, als er aus dem

Park zurückgekommen war, den Satz, nach dem er suchte, bereits im Kopf, oder harrte er seiner noch?

Er schloss die Augen. Zu Hause hatte er gleich das Radio angeschaltet und sich in seinen Sessel geworfen, um die stündlichen Nachrichten zu hören. Nach den Nachrichten, an die er gerade keinerlei Erinnerung mehr hatte, hatte er den Zollstock vom Wohnzimmertisch genommen und war in den hinteren Trakt der Wohnung gegangen. Als Erstes hatte er dort den Riss in der Wand nahe der Gastherme untersucht, der sich nicht erweitert hatte. Dann hatte er sich auf die Knie niedergelassen und war die Bodenkacheln durchgegangen, in denen auch kein neuer Sprung aufgetreten war, und wie immer zum Schluss hatte er noch den Spalt zwischen dem Rahmen und der Tür zur Abstellkammer gemessen, der nach wie vor 2,1 Zentimeter betrug. Dann war er ins Badezimmer gewechselt, und obwohl er auf den ersten Blick gesehen hatte, dass seine täglichen Messungen und Untersuchungen auch dort das gleiche Ergebnis wie schon seit Wochen zeitigen würden, hatte er trotzdem kaltes Wasser in die Wanne einlaufen lassen. Nachdem er sich erst eine Weile im Spiegel betrachtet und anschließend mit dem kleinen Finger in den Schlitz hineingefühlt hatte, der sich vor einiger Zeit unter dem Fensterbrett aufgetan hatte, hatte er das Wasser wieder abgestellt und sich auf eine Ecke der Badewanne gesetzt. Ganz deutlich stand das Wasser zu dem am Fenster verlaufenden Rand höher. Ob die Wanne jedoch im Vergleich zu den Tagen und Wochen davor noch ein Stückchen zur Fensterfront hin abgesackt war, das ließ sich heute wieder nicht feststellen, und während er nun schon eine ganze Weile auf die Wasseroberfläche gestarrt hatte, war ihm plötzlich der

Gedanke in den Kopf geschossen, dass dieses schon ewig anhaltend schöne Wetter nicht nur ihn, sondern auch die Wohnung in einen immerwährend gleichbleibenden Zustand versetzt hatte.

Kurz schreckte er auf und sah zum Notizbuch hinab. Dann schüttelte er den Kopf. Das war auch nicht der Satz, den er sich unbedingt notieren wollte.

Vor gut zwei Monaten hatte die neue Hausverwaltung einen Statiker in ihre Wohnung kommen lassen, der die Absenkung des Küchen- und Badezimmerbodens bestätigte. Wäre die Wohnung ebenerdig, hätte sie diese Absenkung, die sie zuvor in einem förmlichen Brief bemängelt hatten, nur wenig befremdet. Sie aber lebten, mit zwei Kindern, in der obersten Etage eines vierstöckigen Mietshauses.

Die meisten Räume ihrer großzügigen Altbauwohnung befanden sich im Vorderhaus. Nur Küche und Bad sowie ein kleineres Zimmer lagen im Seitenflügel. Von diesem Seitenflügel führte ein Aufgang in den Hof hinab, den sie aber nur benutzten, wenn sie im Winter die Kohlen aus dem Keller hinaufbrachten oder, was seltener vorkam, schwere Einkäufe direkt in die Küche transportierten.

Ursprünglich waren alle Wohnungen des Vorderhauses mit diesem Seitenflügel verbunden gewesen. Irgendwann jedoch, vermutlich nach dem Krieg, waren in den anderen Wohnungen die einzelnen Teile separiert worden, so dass sie jetzt die einzigen Mieter im Vorderhaus waren, die zusätzlich noch den Seitenflügel bewohnten.

Schon als sie vor fünf Jahren in das Haus eingezogen waren, hatte die kleine Wohnung, die unter ihrem Seitenflügel lag, leer gestanden. Die alte Hausverwaltung hatte auch nie eine Anstrengung unternommen, diese Wohnung wieder zu vermieten. Vor etwa zehn Monaten aber hatte ihr Haus den Eigentümer gewechselt. Aus einer »Mitteilung an die Mieter«, die sie in ihrem Briefkasten vorfanden, hatten sie erfahren, dass ein amerikanischer Investor den gesamten Gebäudekomplex aufgekauft hatte. Zu diesem Gebäudekomplex zählten, außer dem Haus, in dem sie wohnten, noch zwei angrenzende Vorderhäuser und eine vielfache Anzahl von Hof- und Gewerbegebäuden. Bald darauf wurde eine neue Hausverwaltung eingesetzt und seitdem wuselten im ganzen Areal Handwerker herum. Auch aus der kleinen, unter ihrem Seitenflügel gelegenen Wohnung drang eines Morgens ein energisches Hämmern in ihre Küche. Ein alter Teppich und ein verkrusteter Herd wurden hinuntergebracht und dafür neue Türen und Fenster hinauf. Doch ebenso plötzlich, wie die Arbeiten begonnen hatten, hatten sie auch wieder geendet, und als er ein paar Tage später zu der Wohnung hinabstieg, da erstaunte ihn nicht allein, dass sie sperrangelweit offen stand und dort, wo vorher Wände den Raum teilten, jetzt rostige Rohre im nur noch vereinzelten Mauerwerk freistanden, sondern auch, dass die Böden aufgestemmt waren und von der Decke das Stroh bis in die Mitte der Räume herabhing. Was ihn jedoch am meisten erstaunte, war, dass inmitten dieses Chaos wie achtlos fallen gelassen und bereits völlig verstaubt die neuen Türen und Fenster herumlagen. Noch am gleichen Tag trat er an einen der Handwerker heran, der jetzt mit etwas anderem im Hof beschäftigt war, und fragte ihn, wann und wie die Arbeiten in der Wohnung fortgesetzt würden. Der Handwerker sah ihn für einen Moment verständnislos an. Dann sagte er, dass er diese

Wohnung, solange ihm sein Genick lieb sei, nicht wieder betreten werde. So verrottet seien die Balken, fuhr er fort und bog seine Finger zur Kralle, mit den bloßen Händen könnte man sie ausgraben. Es sei ein regelrechtes Wunder, dass er sich morgens noch als gesunden Menschen im Spiegel betrachten dürfe.

Kurze Zeit später taten sich dann die ersten Risse in den Wänden ihrer Küche auf, sank die Badewanne zu einer Seite hinab, konnte man ein Spielzeugauto, ohne seinem Antrieb nachzuhelfen, über den Boden von einer Wand zur anderen rollen lassen. Wie plötzlich betrunken schien das Gebäude seinen Halt verloren zu haben.

Dass von der Absenkung der Böden tatsächlich eine gewisse Gefahr ausgehe, bestätigte der Statiker aber nicht nur ihnen, sondern auch dem Bauleiter, der bei dem Besuch in ihrer Wohnung ebenfalls zugegen war und dem Statiker wiederum versicherte, keine der Wände, die sie aus der unteren Wohnung geschlagen hätten, sei eine tragende gewesen. Das sei doch ganz egal, hatte der Statiker ihm entschieden geantwortet. In einem so alten und seit Jahrzehnten nicht mehr gewarteten Gemäuer, fuhr er in etwa fort, gibt es keine tragenden und nicht tragenden Wände, sondern es stützt sich irgendwann alles auf jedes. Dann müsse er jetzt wohl mit der Hausverwaltung sprechen, hatte der Bauleiter darauf gesagt, und mit einem kräftigen Händedruck verabschiedeten sich die Herren.

Wenige Tage später meldete sich bei ihnen per Telefon eine Dame von der Hausverwaltung und kündigte ihren Besuch an.

Kaum eingetreten, sagte sie, dass der Statiker die Lage doch recht übertrieben habe und dass die Befürchtung, sie könnten plötzlich abstürzen, abwegig sei. Außerdem würde die Hausverwaltung jetzt noch einen tragenden Balken in die untere Wohnung stellen, der die Decke zusätzlich abstützen würde. Von daher bestehe dann also keine Gefahr mehr. Trotzdem sei das auf die Dauer natürlich kein ganz wünschenswerter Zustand, nur müssten sie natürlich auch Verständnis dafür haben, dass es sich von Seiten der Hausverwaltung überhaupt nur lohne, den Schaden zu beheben, wenn auch der vordere Teil der Wohnung modernisiert werden würde, was in etwa, aber viel genauer könne sie es bisher leider noch nicht sagen, auf eine Verdopplung der Kaltmiete hinauslaufen werde. Das sei dann noch immer ein Preis, der sich im üblichen Rahmen halte. Würden sie sich aber, aus finanziellen Gründen zum Beispiel, lieber dafür entscheiden, sich eine neue Wohnung zu suchen, so könne sie sich durchaus vorstellen, dass sich die Hausverwaltung an den Umzugskosten beteiligen würde. Eigentlich mehr aus einer ihr innewohnenden Neugierde hätte sie im Internet bereits nach einer passenden Wohnung für sie gesucht und sei dabei auf eine vielversprechende Anzeige gestoßen. Mit diesen Worten legte sie einen Ausdruck vor sie hin. Es handelte sich, wie aus dem Ausdruck hervorging, um eine Dreizimmerwohnung in einer äußerst belebten Straße. Die Wohnung lag im ersten Stock und sowohl Kinder wie auch Tiere waren unerwünscht. Während er noch immer auf den Ausdruck starrte, versicherte seine Frau der Dame von der Hausverwaltung in ungewohnt strengem Ton, dass sie in keinem Fall aus dieser Wohnung ausziehen werde, dass auch die Absenkung der

Böden überhaupt nicht ihr Problem sei, dass sie und ihre Familie bisher immer gute Mieter gewesen seien und dass sie alles daransetzen werde, die Kinder hier und nirgends sonst heranwachsen zu sehen. Die Dame von der Hausverwaltung nahm diese glühende Rede ohne größere Regung auf, ordnete ihre Unterlagen, steckte sie in die Tasche zurück und sagte, während sie sich zum Abschied erhob, dass sie diese Sicht zwar nicht teile, aber verstehen könne und nun erst mal alle in Ruhe nachdenken müssten.

Da sei gar nicht viel nachzudenken, sagte der junge Anwalt von der Mieterberatung, nachdem er ihm den Fall geschildert hatte, und setzte sich, um fortzufahren, auf dem zu kleinen Stuhl auf.

Die kostenlose Mieterberatung fand zweimal wöchentlich im nahe gelegenen Gemeindezentrum statt, einem labyrinthisch verschachtelten Neubau. Der Raum, zu dem er sich mühsam durchgefragt hatte, diente sonst wohl anderen Zwecken, denn während er den Ausführungen des jungen Anwalts zum ersten Fall lauschte, der nur wenige Meter von ihm, in der Mitte des Raumes, verhandelt wurde, sah er immer wieder zu den bunten Städtelandschaften hin, die überall an den Wänden hingen und von Kindern gemalt waren. Die anderen Wartenden, die allesamt nach ihm den Raum betreten hatten und mit denen er nun, einen dicken Ordner auf den Knien, in einer Reihe saß, kauerten völlig in sich zusammengesunken auf den zu niedrigen Stühlen.

Zum Glück war der erste Fall dann einigermaßen schnell erledigt. Es war um ein nur unzureichend schließendes Fenster gegangen, und nachdem der Anwalt im Anschluss hinter vorgehaltener Hand ausführlich gegähnt hatte, rief er den Nächsten auf.

Mit einem Gefühl, das man auch hat, wenn man sich mit einem bis weit über den Rand beladenen Einkaufswagen vor der Kasse einreiht und gar nicht wissen möchte, wer sich hinter einem anstellen muss, trat er zu dem jungen Anwalt vor.

Im Laufe der Schilderung seines Wohnungsproblems aber fing nicht nur der junge Anwalt allmählich Feuer, sondern auch die Wartenden. Als sei ein Ruck durch ihre Reihe gefahren, beugten sie sich gemeinsam vor und folgten aufmerksam erst seiner und dann der Rede des jungen Anwalts.

Zum einen, sagte der junge Anwalt, handele es sich bei der absolut notwendigen Beseitigung der Schäden und vor allen Dingen der Sicherung des einsturzgefährdeten Bodens mitnichten um eine Modernisierung, sondern um eine Instandsetzung. Aufgrund einer notwendigen Instandsetzung aber sei es dem Vermieter nicht gestattet, die Miete zu erhöhen. Im Gegenteil müsse der Vermieter selbstverständlich die Sicherheit in dem von ihm vermieteten Gebäude garantieren. Zum anderen aber höre es sich so an, als sei es für den Vermieter von höchstem Interesse, ihn und seine Familie möglichst schnell aus der Wohnung hinauszubefördern. Dies wiederum sei aber weniger ein Nachteil als vielmehr ein Pfund, mit dem sich kräftig wuchern lasse. Wenn er in dieser Situation wäre, würde er sich ganz ruhig zurücklehnen. Man müsse halt nur die Nerven bewahren, fügte er hinzu, verschränkte die Arme hinter dem Kopf und machte eine Pause. Es sei schon ganz richtig gewesen, fuhr er dann fort, dass sie bei dem ersten Gespräch gesagt hätten, unbedingt in der Wohnung bleiben zu wollen. Aber vielleicht könne man irgendwann signalisieren, dass man sich bei einer gewissen Summe von Seiten der Verwaltung bereit zeigen würde, sich aus der Wohnung herauskaufen zu lassen. Fünfundzwanzigtausend, sagte er jetzt, indem er sich die Hände rieb, seien bei der Größe der Wohnung immer drin, aber warum sollten sie es nicht einfach mit dem Doppelten probieren. Ein wenig nachgeben könne man immer. Er zumindest würde es so versuchen. Vorerst aber müssten sie abwarten, was die Hausverwaltung jetzt unternehmen wolle, und wenn von dort erst mal nichts komme, sollten sie, so etwa in zwei Wochen, mit der Bauaufsicht drohen. Das sei nämlich für die Hausverwaltung nicht nur sehr unangenehm, sondern könne auch sehr teuer werden, und natürlich müssten sie die Miete, vom nächsten Monat an, auch rückwirkend für die letzten zwei Monate, denn da hätten sie den Schaden gemeldet, um sechzig Prozent mindern. Das sei bei der Größe des Schadens durchaus angemessen, und damit entließ er ihn.

»Fünfzigtausend«, zischte, als er die Reihe der Wartenden entlangging, ein bulliger Mann mit einem dünnen Pferdeschwanz im Nacken zu ihm hinauf, und ohne einen Moment zu zögern, hatte er auch schon in die massige Hand dieses Mannes eingeschlagen, die ihm jetzt, da er die Tür hinter sich schloss, zum Abschied das Victoryzeichen entgegenstreckte.

Nahezu tänzelnd trat er an diesem Abend, als sie von der Arbeit kam, seiner Frau entgegen, bat sie Platz zu nehmen und reichte ihr ein Glas Wein. Doch noch während er ihr von dem Termin in der Mieterberatung erzählte, sah er, wie sie sich versteift an die Armlehnen ihres Stuhles klammerte, und als er geendet hatte, sagte sie, dass sie an dem Geld überhaupt kein Interesse habe, sondern dass es ihr innigster Herzenswunsch sei, ganz gleich, was sie deshalb in der nächsten Zeit auch vor sich haben mochten, hier in dieser Wohnung zu bleiben. Sie könne ja sogar verstehen, dass ihm das Arbeiten derzeit, in dieser Ungewissheit, nicht leichtfalle, aber jetzt schon einen Auszug auch nur in Erwägung zu ziehen sei bestimmt das Falscheste.

Es ergaben sich dann im weiteren Gespräch noch einige Unsicherheiten. Zum Beispiel, ob bei diesen sechzig Prozent Mietminderung die Betriebskosten mit eingerechnet waren oder nicht, und deshalb erschien er auch beim nächsten Termin der Mieterberatung.

Diesmal aber saß auf dem zu kleinen Stuhl an dem zu kleinen Tisch nicht der junge, feurige Anwalt, sondern ein bereits ziemlich verwitterter, aschfahler Herr, der, während er sich von dem jeweiligen Klienten den Fall schildern ließ, völlig leblos auf die Tischplatte starrte. Nur ab und zu hob er den Kopf und fragte gereizt, was denn nun eigentlich das Problem sei, worauf sich der jeweilige Klient immer bemüßigt fühlte, alles noch mal von vorn zu erzählen. Darum dauerte es auch eine Ewigkeit, bis er endlich an die Reihe kam.

Er habe nur ein paar kleine Fragen, begann er, er sei nämlich schon vor ein paar Tagen bei dem Kollegen in der Mieterberatung gewesen und jetzt sei ihm eigentlich nur noch unklar, ob sich zum Beispiel die Minderung der Miete auf die Grundmiete oder …

Das müsse er ihm schon genauer ausführen, unterbrach ihn der Anwalt, ohne den Kopf zu heben, und während er nun teils zum Fenster hinaus-, teils auf den nur noch spärlich bewachsenen Hinterkopf des Anwalts blickte, schilderte er wieder den ganzen Fall und flocht auch die Ratschläge des Kollegen mit ein. Auch nachdem er geendet hatte, verharrte der Anwalt in seiner gebeugten Haltung. Dann schüttelte er plötzlich energisch den Kopf und hob den Blick zu ihm auf. Da sei der Kollege aber sehr euphorisch gewesen, sagte er. Sechzig Prozent, fuhr er fort, dazu falle ihm nur das Wort übertrieben ein. Es sei ja wohl so, wenn er es richtig verstanden habe, dass bisher noch gar nichts eingestürzt sei. Nur auf den Verdacht hin, dass etwas einstürzen könnte, von dem einem sogar noch versichert worden sei, dass es jetzt zusätzlich gestützt werde, könne man doch nicht sechzig Prozent der Miete mindern. Außerdem bringe doch die Absenkung bisher keinerlei größere Beeinträchtigung des Wohnens mit sich. Zehn Prozent der Gesamtmiete halte er vielleicht noch für vertretbar, im äußersten Fall vielleicht fünfzehn, aber das wolle er gar nicht raten. Im Übrigen wisse er auch, dass immer wieder Gerüchte von großen Abfindungssummen durch die Welt geisterten, habe aber noch nie von einem realen Beispiel gehört. Was wiederum die Drohung mit der Bauaufsicht betreffe, davon würde er tunlichst abraten. Wer drohe, sagte er, müsse auch ins Auge fassen, eine Tat folgen zu lassen. Was aber wäre das Szenario, wenn die Bauaufsicht tatsächlich käme? Natürlich würde die Bauaufsicht die Wohnung sofort sperren. Das sei schließlich ihre Aufgabe. Für sie aber hieße das nur, dass sie auf der Stelle ausziehen müssten, zum Beispiel in eine Pension, um sich von dort nach einer neuen Wohnung umzusehen. Die Kosten für das alles würden sie vorstrecken müssen, um dann, vielleicht erst Jahre später, auf einem Vergleich mit der Hausverwaltung bestehen zu können. Es auf dieses Verfahren ankommen zu lassen, fügte er nach einer kleinen Pause hinzu, das würde er sich genau überlegen. Dann streckte er plötzlich seinen Arm über die Tischplatte, reichte ihm die Hand und sagte: »Ich hoffe, ich habe Ihnen weiterhelfen können.«

Wenn das erste Gespräch bei der Mieterberatung ihn in eine schwunghafte Erregung versetzt hatte, so hatte dieses zweite Gespräch ihn doch sehr ernüchtert, und noch am Abend, als er schleppend seiner Frau davon berichtete, fühlte er die Verzagtheit, die ihn gleich darauf erfasst hatte.

Mit müden und lustlosen Schritten war er nach Hause zurückgekehrt und hatte den ganzen Tag apathisch im Sessel gesessen. Die Kinder stritten vor ihm, wer zuerst das Wort führen dürfe, um ihm irgendwelche Begebenheiten aus der Schule zu erzählen, aber weder blickte er zu ihnen auf, noch hörte er auf das, was sie sagten. Würden sie die Wohnung wirklich räumen müssen? Sie konnten sich doch derzeit in dieser Gegend gar keine andere Wohnung leisten. Oder doch irgendwo ins Souterrain? Die Kinder dünn und blass und immer hüstelnd, die Frau verhärmt am rostigen Herd und er mit geröteten Augen vor einem von der Feuchte bereits vermoderten Blatt, von dem er den Kopf nur hob, wenn die Schritte der Schönen und Reichen zu ihm hinabhallten, die vor seinem Fenster ihre neuesten Erfolge in perlenbesetzte Handys brüllten und selbst dann nicht zu ihm hinuntersahen, wenn er ihnen, ein unverfrorenes Lächeln auf den blutleeren Lippen, mit seiner billigen Taschenlampe in den Schritt leuchtete.

Erst als die Kinder an ihm zupften, quälte er sich mühsam aus dem Sessel, und als er jetzt in der Küche stand, um ihnen ein paar Marmeladenbrote zu schmieren, hielt er immer wieder inne, sah zum Fenster hinaus, dann zur Spüle, dann wieder auf das Messer in seiner Hand, zum kleinen Kaktus auf dem Regal, wieder auf seine Hand, zur Lampe an der Decke und ihm war, als würden all diese Blicke von einer lautlosen und deshalb nur umso traurigeren Melodie untermalt, und vor Wehmut sank er, das Marmeladenglas in der Hand, auf die Fliesen nieder. Wie sehr man doch seine Küche lieben konnte!

Auch als er jetzt an seinem Schreibtisch saß und in seinem leeren Kopf nach dem verschollenen Satz suchte, beschlich ihn wieder diese Wehmut. Sie war inzwischen allgegenwärtig. Ob er einem Nachbarn begegnete oder im Treppenhaus mit der Hand über das Geländer strich, ob er einen Blick in die Kinderzimmer warf oder sich im Wohnzimmer ein Buch aus dem Regal nahm. Doch warum? Vierzehn Mal, hatte er vor ein paar Tagen ausgerechnet, war er in dieser Stadt bereits umgezogen, und jedes Mal hatte er sich darüber geärgert, was für einen Mist er mit sich herumschleppte. Ein altes Bettgestell, ein Tisch auf Böcken, ein vom Küchenfett verklebtes Radio, ein verbogener Wäscheständer, all diese Dinge, die in einer Wohnung ein unauffälliges, mehr oder weniger sinnvolles Dasein haben, sie alle verloren spätestens im Treppenhaus wenn nicht ihre Berechtigung, dann doch zumindest ihre Würde, wirkten plötzlich schäbig und hoffnungslos abgewirtschaftet, und ebenso hoffnungslos und freudlos blickte er schon jetzt auf sein Notizbuch hinab.

Wie war er nur auf die Idee gekommen, in diesem Zustand überhaupt arbeiten zu wollen? Ein auf den Boden geworfener, an die Wand gepresster Mensch, der von seinem Ausblick schwärmen möchte. Wenn er wenigstens den winzigen Satz, nach dem er suchte, aufschreiben könnte. Doch wie sollte er ihn finden, hier, in dieser Leere, die ihm bösartig aus seinem Notizbuch entgegenschlug? Und warum kam ihm nicht einmal in den Sinn, sich zu überlisten? Er hatte diese Erfahrung doch schon tausendmal gemacht. Lustig aufspringen und die Fenster putzen! Sich vor dem Glas bewähren und ein kleines Erfolgserlebnis einheimsen. Wahrscheinlich würde er schon nach der zweiten Scheibe den Lappen von sich werfen, nach dem Stift greifen und Seite um Seite in seinem Notizbuch füllen. Die Kinder würde er gar nicht hören, wenn sie aus der Schule nach Hause kämen, und spät am Abend würde er seine Frau mit seiner guten Laune überraschen und gleich zwei Korken hintereinander aus einer Flasche ziehen.

Er wandte den Kopf zur Seite. Es lohnte sich doch gar nicht mehr, in dieser Wohnung die Fenster zu putzen. Es lohnte sich ja nicht einmal mehr, einen Erinnerungszettel an die Wand zu hängen, geschweige denn ein Bild. Vielleicht lohnte es sich noch, das Bett zu machen. Aber lohnte es sich überhaupt noch, aufzustehen? Die Kinder packten ihre Ranzen eigenständig, und wenn etwas fehlte, regte sich niemand auf, am wenigsten die Kinder selbst. Die Kinder störte es auch nicht, dass die Wohnung immer mehr verkam, und dass er sich diesem Zustand immer mehr anglich, störte sie ebenfalls nicht. »Mach mal wieder einen Witz,

Papa«, hatte seine Tochter vor ein paar Tagen zu ihm gesagt und ihn eine Weile in freudiger Erwartung angestarrt. Dann hatte sie sich wieder abgewandt.

Mit der Hand strich er über sein Notizbuch. Ließen sich in dieser Wohnung überhaupt noch Witze erzählen? Setzte ein Witz nicht einen stolzen Menschen mit einem festen Standpunkt voraus, und wann hatte er eigentlich zuletzt gelächelt? Kannten die Kinder sein Lächeln noch oder riefen sie es sich bereits in ihren Zimmern von alten Fotos heimlich in Erinnerung? »Guck mal, das ist Papa!« Warum unternahm er nicht einmal mehr den Versuch, sich aufzumuntern? Warum stieg er nicht die Treppen hinab und aß unten auf der Straße eine Kugel Eis? Vielleicht würde er sogar, von dem Eis beschwingt, mit dem Eisverkäufer eine kleine Plauderei beginnen. Erzählen Sie mal. Was ist eigentlich mit Ihrem Gewerbevertrag? Ist der verlängert worden oder suchen Sie bereits nach einem neuen Ort für Ihr kleines Geschäft? Bei uns zum Beispiel lohnt es sich schon jetzt nicht mehr, die Fenster zu putzen. Seit Wochen haben weder meine Frau noch ich die Böden gewischt. Die Kinder bringen keine Freunde mehr mit ins Haus. Freiwillig verabschieden sie sich früh ins Bett, und während ich noch auf meiner Wange ihrem Gutenachtkuss nachspüre, denke ich schon wieder an den nächsten Tag. An mein Zimmer denke ich. An den Satz, den ich dort niemals finden werde, und den Ball, den der blöde Hund verschludert hat.

Mit einer abrupten Bewegung rückte er mit seinem Stuhl vom Tisch, glitt hinab, beugte sich unter dem Tisch über den Hund und ließ seinen Kopf, die Wange voran, auf die Stirn des Hundes sinken. »Wir beide«, flüsterte er in das Ohr des Tieres, das sich unwillig zur Seite bog, »wir haben doch auch ein wenig Erbarmen verdient«, und da er noch der belegten Zärtlichkeit seiner Stimme nachlauschte, zog der Hund seinen Kopf unter seiner Wange hervor, schüttelte ihn und erhob sich. Unschlüssig stand er für einen Moment neben ihm unter dem Tisch. Dann schleppte er sich davon, und während er den trägen Bewegungen des Hundes hinterhersah, der sich jetzt, ein paar Meter entfernt, wie von Schwäche übermannt hart auf den Boden fallen ließ, sah er auf einmal den seit Jahren pensionierten Hausmeister vor sich, dem er, kaum aus der Tür getreten, auch heute Morgen wieder in die Arme gelaufen war. Wie heute Morgen, winkte ihn auch jetzt die Hand des Hausmeisters wieder zu sich heran. »Wie nennt man einen Bumerang, der nicht zurückkommt?«, und während er jetzt, unter dem Tisch, wie schon heute Morgen, noch teilnahmslos mit den Schultern zuckte, brach die Antwort über ihn herein. »Stock!«, rief die scharfe Stimme des Hausmeisters und dann hatte er ihm einen schönen Tag gewünscht.

Er richtete den Blick zur Tischplatte hinauf. Das war es! Das war der Satz, den er sich unbedingt aufschreiben wollte. Ein Witz war es! Bis weit in den Park hinein hatte er ihn beschäftigt. Zwanghaft hatte er ihn immer wieder vor sich hin murmeln müssen, und jedes Mal war er wieder wie ein Dolch in ihn hineingefahren.

Er senkte den Blick, sah zum Hund hin und dann auf seine Hände hinab. Es stimmte. Der Witz beschrieb nicht nur deutlich, sondern überdeutlich seine Arbeitssituation. Alles, was er derzeit am Schreibtisch vollbrachte, war, Stöcke in die Luft zu werfen. Seit Wochen schon war kein einziger Satz zu ihm zurückgekehrt. Völlig planlos und tot lagen sie in der Landschaft seines Notizbuches herum.

Er holte tief Luft. Dabei hatte er sich gerade heute Morgen, bevor der pensionierte Hausmeister ihn zu sich gewinkt hatte, so gut wie seit langem nicht mehr gefühlt. Mit einem Lächeln im Gesicht hatte er sich aus dem Bett erhoben und sich lange erstaunt umgesehen, wie ein kleines Mädchen, das nach dem Erwachen mit freudig klopfendem Herzen feststellt, dass tatsächlich alles, was es erblickt, mit einem rosa Film überzogen ist. Der Kaffee, den er sich in der Küche aufbrühte, duftete so herrlich, als sei er über Nacht verzaubert worden, aber noch wunderbarer schmeckte die Banane, und während er, noch im Sessel, auf die leere Schale blickte, die von seiner Hand herabhing, da war er plötzlich gewiss, dass all diese losen Sätze in seinem Notizbuch sich bald mit größter Lockerheit und Leichtigkeit zu einem Ganzen fügen ließen. Es geht doch nur um eine winzige Umdeutung, hatte er gedacht. Wenn er nur etwas genauer wüsste, hatte er gedacht, wer dieser ungebetene Gast, den er sich zur Hauptfigur seiner neuen Geschichte erkoren hatte und um den er schon seit Wochen herumschlich, eigentlich war, und wenn er dann gleichzeitig noch wüsste, was dieser ungebetene Gast von der Familie, die, laut Notizbuch, aus seiner Frau, den Kindern und ihm bestand, wohl wollen könnte und warum er sich gerade in ihr Leben hineingeschlichen hatte, dann würde die Geschichte sogleich einen riesigen Schub erfahren. Der Wunsch zur Tatkraft, hatte er gedacht, war mehr als vorhanden. Jetzt hieß es doch nur ein wenig zu experimentieren, und warum sollte er zum Beispiel nicht selbst dieser ungebetene Gast sein? Der Gedanke hatte ihm heute

Morgen kurz den Atem genommen. »Wie schlicht doch die besten Lösungen sind!«, hatte er gerufen und war aus dem Sessel emporgeschnellt. An der Wohnungstür hatte er noch einmal kehrtgemacht, und während er den Ball des Hundes in die Tasche seiner Jacke stopfte, hatte er, aus einiger Entfernung, seinem Notizbuch zugezwinkert. Dann war er das Treppenhaus hinabgestürmt.

Wieder holte er tief Luft. Wäre er doch heute Morgen bloß nicht zu dem pensionierten Hausmeister getreten. Aber wie hätte er auch ahnen können, dass der pensionierte Hausmeister ihm einen Witz erzählen würde, der ihn auf den Grund seiner selbst schmetterte. Normalerweise erzählte doch der pensionierte Hausmeister ausschließlich schlüpfrige Witze, sogenannte Leckerbissen, und immer musste er ihm im Voraus versprechen, den folgenden Witz weder an Frauen und erst recht nicht an Kinder weiterzugeben. Ihrem Hund, fügte der pensionierte Hausmeister dann immer hinzu, indem er sich ihm noch um einiges näherte, dem können Sie den Witz in aller Ruhe noch mal erzählen, denn der ist verschwiegen, aber sonst könnte es schnell böses Blut geben. Wieder sah er sich zu dem Hausmeister vortreten. Weder dem Hund noch irgendjemand anderem hatte er jemals einen dieser Witze weitererzählt. Bereits nach ein paar Metern waren sie ihm regelmäßig wieder entschwunden, was auch daran lag, dass er ihren Sinn meist nur unvollständig erfasste. Vermutlich war er für diese Art von Witzen ein viel zu argloser Mensch.

Er sah auf den Boden hinab. Ja, dachte er, ein argloser und kraftloser Mensch, das war er, und deshalb würde er auch nie wieder unter diesem Tisch hervorkommen. Nie wieder würde er mit den Kindern toben, nie wieder mit seiner Frau in einem Bett schlafen, nie wieder würde er mit dem Hund in den Park gehen und erst recht würde er sich, ob unter dem Tisch oder auf dem Weg in den Park, nie wieder die Frage stellen, wer denn eigentlich dieser ungebetene Gast war, der in seinem Notizbuch so brachlag. Wie hatte er nur so hochmütig sein können, gerade diese Figur für sich zu erwählen, und warum hielt er so verbissen an ihr fest? Weder über den ungebetenen Gast noch über die Geschichte selbst hatte er in diesen langen und öden Tagen, die er zumeist wie festgenagelt am Schreibtisch verbrachte, das Geringste herausgefunden. Welches Ziel verfolgte er mit der Geschichte und welches Ziel verfolgte der ungebetene Gast? War er weiblich oder männlich oder war dieser Protagonist womöglich doch er selbst? Wenn er aber selbst dieser Protagonist war, war es dann wirklich eine gute Idee, dass der ungebetene Gast seine Frau verführte? Warum nur sollte er sich, wo doch ohnehin schon alles schwierig genug war, nun auch noch von dem ungebetenen Gast Schaden zufügen lassen? Wäre es nicht im Gegenteil viel sinnvoller, den Gast einfach wegzulassen, aber was bliebe dann von der Geschichte, und war es nicht in Wahrheit viel eher so, dass er den gänzlich falschen Beruf ergriffen hatte? Hatten heute nicht wieder einige Menschen auf der Straße so merkwürdig zu ihm hingesehen, mit einem ebenso belustigten wie bemitleidenden Blick, ganz so, als sähe man es ihm an, dass er derjenige ist, der auf Gedeih und Verderb mit dem ungebetenen Gast am Schreibtisch sitzt und dort auch noch in Jahren sitzen wird. Die Kinder wären längst groß, aber er würde sie gar nicht mehr erkennen, weil er noch immer blind auf diesen Menschen starrt, den es nicht gibt.

Er fuhr sich mit der Hand über die Stirn. Das darf doch alles nicht wahr sein. Man muss auch loslassen können, schoss es ihm in den Kopf, und sogleich bemächtigte sich seiner ein Krampf. Er griff sich an den Bauch und schüttelte den Kopf. Nein, dachte er, indem er langsam ausatmete, er würde nicht loslassen. Lieber würde er, entschlossen wie ein Kapitän, mitsamt der Wohnung und dem ungebetenen Gast untergehen. Eine Wand nach der anderen würde schon bald neben ihm in die Tiefe stürzen, aber er würde immer noch mit spinnenartigen Bewegungen von einem Balken zum nächsten klettern. Mit tränenüberströmten Gesichtern blickten seine Frau und seine Kinder von der fernen Straße zu ihm hinauf und flehten, er solle doch endlich zu ihnen hinabsteigen, aber er würde den Blick nur gen Himmel richten und nicht auf sie hören. Auf ihn hörte doch auch niemand mehr. Der Hund verschluderte seinen Ball im Park, seine Frau kam immer später von der Arbeit, und wenn er, zum wiederholten Male, die Kinder bat, sie möchten, wenn sie etwas brauchten, einzeln in die Küche gehen, sie wüssten doch, in welchem Zustand der Boden sich dort befinde, dann nickten sie zwar, bevor sie sich rennend von ihm entfernten, aber nur, um gleich darauf, mit gemeinsamer Energie, derart zwischen Herd und Spüle zu stampfen, als seien ihre Füße mit Blei umgossen.

Er ließ den Kopf noch tiefer sinken. Es hörte niemand mehr auf ihn, bald würde auch niemand ihn mehr erblicken und schon jetzt wollte niemand ihn mehr hier haben. Auch seine Frau und seine Kinder wollte man hier nicht mehr haben und ebenso wenig die reizenden Nachbarn, die schon so alt und gebrechlich waren. Irgendwann würde die ganze Straße von mächtiger Hand angehoben und wie ein Teppich ausgeschlagen werden, und nur der ungebetene Gast würde irgendwo im Verborgenen triumphieren.

Er beugte sich ein Stückchen unter dem Tisch vor und sah müde zum hellen Fenster hin. Nicht er spürte dem ungebetenen Gast nach, sondern der ungebetene Gast spürte ihm nach. Natürlich, dachte er und zog den Kopf wieder zurück, der amerikanische Investor, das war der ungebetene Gast, ein riesiger Koloss, dem man nicht entrinnen konnte und der schon jetzt Nacht für Nacht vor dem Haus entlangschlich und mit scheelen Augen in alle Fenster blickte. In einem unerwarteten Moment, bestimmt wenn sie gerade andächtig, wie zum Gebet versammelt, am spärlich gedeckten Abendbrottisch saßen, ein Block des Guten, würde plötzlich das Glas splittern und einen nach dem anderen würde die riesige Hand des amerikanischen Investors packen. Ihn würde er sofort zerquetschen und auf die Straße werfen, seiner Frau aber würde er, bevor er sie fraß, noch mit den Fingernägeln das Kleid vom Leib reißen, und erst bei den Kindern würde er innehalten und in einem Anflug von Großmut würde er sie zu einem Bauern in den nahen, dunklen Wald bringen, bei dem sie, wie Sklaven gehalten, im Schweinestall aufwüchsen. Später aber würden sie mit einem selbst geschmiedeten Schwert in die Stadt zurückkehren und sein Sohn würde seiner Schwester die Räuberleiter halten und so würden sie auf den riesigen Leib des amerikanischen Investors steigen, der, den Hut in der Stirn und schläfrig in der Sonne, gerade seine müden Hacken am Grund der Spree kühlte, und gleich einer Fontäne würde das Blut noch Jahre später aus der tödlichen Wunde an seiner Kehle sprudeln und seine Tochter würde eine Göttin werden, die Göttin der Väter und Mütter, der Armen und Reichen, die Göttin der Tiere und der Sterne, der Kinder und der Greise, und sein Sohn würde tanzend und singend ihre Gesetze verkünden: Keine Helmpflicht mehr für Mofafahrer, aber auch keine Mofas mehr, auch keine Straßen und Häuser, nur noch Wiesen und Wolken und helle Träume, ein ewiges trunkenes Fest ohne Gestern und Morgen.

Er kam unter dem Tisch hervor, richtete sich auf und sah auf den Schreibtisch hinab. Vielleicht sollte er dem amerikanischen Investor einen Brief schreiben, wer er sei und was er tue. Vielleicht war der amerikanische Investor ein Mensch mit einem großen Herzen für die Literatur. Vielleicht war das Herz des amerikanischen Investors für die Literatur sogar so groß, dass der amerikanische Investor, wenn er erführe, wie elend es ihm mit der jetzigen Wohnungssituation ging und wie sehr sie ihn in jedem literarischen Vorhaben blockierte, sich grämen und beschließen würde, ihn auf der Stelle in seinem Arbeitszimmer zu besuchen, um sich hinlänglich für all diese unerfreulichen Umstände zu entschuldigen.

Er sah zur Decke hinauf. War sein Englisch nicht viel zu rudimentär, um sich mit dem amerikanischen Investor bei einem eventuellen Besuch in dieser Wohnung in Augenhöhe von Gentleman zu Gentleman zu unterhalten, und was wusste er schon über den amerikanischen Investor? Im Internet hatte er vor einiger Zeit gelesen, dass der amerikanische Investor am liebsten Schokolade aß und, als absoluter Weltbürger, in seinem Privatjet das Leben eines Nomaden führte. Er hatte nicht einmal einen festen Wohnsitz. Mehr als ein Handy und einen Anzug brauchte man im Leben nicht, hatte er in einem Interview gelesen, das der amerikanische Investor gegeben hatte.

Er sah zu seiner Stehlampe hin. Vermutlich würde der amerikanische Investor, bei einer eventuellen Begegnung, ihm sogleich ein Snickers aus der Hüfte entgegenschleudern. Dabei aß er viel lieber Bounty. Aber es ging ja auch gar nicht um Schokoriegel und ebenso wenig ging es um ihn, sondern es ging um die Stadt. Berlin, hatte der amerikanische Investor so oder ähnlich in dem Interview gesagt, sei eine schöne, traditionsreiche Stadt voller Energie und Entwicklung, in der ein großes Potential stecke. Es sei ihm eine wahre Herzensangelegenheit, hatte der amerikanische Investor gesagt, dazu beitragen zu dürfen, der Stadt wieder zu ihrem früheren Glanz zu verhelfen. Allerdings brauche das viel Geduld, denn eines der ungelösten Probleme Berlins sei, dass, für seine Größe, viel zu wenig Menschen in ihm lebten.

Er trat ans Fenster vor und sah auf die vierspurige Straße hinab. Das klang schon fast nach einem Vorwurf. Vielleicht war der Gedanke gar nicht schlecht, den Brief mit dem Versuch zu beginnen, diesen Vorwurf zu entkräften. Doch was sollte er dazu sagen? Seine Schuld zumindest war es nicht, dass zu wenig Menschen in Berlin lebten.

Er schaute auf die Uhr an seinem Handgelenk. Noch zwei Stunden, bis die Kinder nach Hause kamen. Wenn er den Brief heute noch beginnen wollte, dann musste er sich bereits beeilen. Aber war es wirklich eine gute Idee, jetzt, in größter Hast, ein paar unüberlegte, überhitzte Zeilen hinzuwerfen? Es ging doch nicht darum, den amerikanischen Investor sogleich vor den Kopf zu stoßen, sondern im Gegenteil darum, ihn für sich zu gewinnen. Es musste ein Brief werden, den der amerikanische Investor nicht wie die tausend anderen Mitteilungen, die er täglich erhielt, löschte oder in den Papierkorb warf, sondern diesen Brief musste er, nachdem er ihn wie alles andere auch nur überflogen hatte, für einen kurzen Moment nachdenklich geworden, wieder zusammenfalten und zu seinem Handy in die Innentasche seines Jacketts stecken. Was hatte dieser Mensch ihm da geschrieben? Den ganzen weiteren Tag müsste den amerikanischen Investor diese Frage flüchtig beschäftigen und sich mit steter Kraft zu seinem Herzen vornagen. Die Geschäftspartner würden fast ein bisschen verunsichert sein. Er, der doch sonst immer der Polterndste unter ihnen war und mit vollen Händen Schokolade durch die Konferenzräume warf, war heute ganz in sich gekehrt, nicht kränklich, vielmehr träumerisch, als hätte er gerade einen Abschluss getätigt, der sogar seine Erwartungen bei weitem übertroffen haben musste. Erst spät am Abend, hoch über den Wolken, weit weg von Europa und noch weiter weg von Amerika, bar jeder Heimat, würde er, bei einem Glas Wein, den Brief wieder aus der Tasche ziehen und er würde ihn lesen und noch mal lesen und dann würde er befehlen, die Fluggeschwindigkeit zu drosseln, und wieder würde er ihn lesen, diese Mitteilung aus einer bedrohten Welt, von einem Menschen, fremd wie ein sich sorgender Mäuserich, fremder noch als jeder Außerirdische, und er würde sich fragen, warum es gerade diesem Menschen aus dem leeren Berlin gelungen war, sein Herz so zu rühren, dass er sich jetzt schon wieder aufseufzen hörte, ein Seufzen, das den ganzen Tag, all die letzten Wochen mit all ihren erfolgreichen Geschäften wie Staub mit einem feuchten Lappen von ihm nahm und ihn an die

Kindheit gemahnte, den Baum, den Vater, das Fenster, das altmodische Telefon, das große Glück, das er sich damals als Leben erträumt hatte.

Er drehte sich vom Fenster weg und sah zu seinem Notizbuch hin. An einem guten Tag würde er kaum eine Stunde für einen solchen Brief brauchen.

Er winkte ab. Das war schon viel zu viel. Eine halbe Stunde würde reichen, vielleicht auch nur ein paar Minuten. Es genügten ein paar Zeilen, ein paar traumwandlerische Sätze, die den amerikanischen Investor sogleich in den Augenblick ihrer Entstehung mit einluden. Danach würde er sofort beim Verlag anrufen und mit der belegten Stimme, die er immer hatte, wenn er sich von seiner eigenen Leistung noch überrumpelt und betäubt fühlte, fragen, ob ihm dort nicht jemand bei der Übersetzung eines winzigen Textes ins Englische oder besser noch ins amerikanische Englisch behilflich sein könnte.

Wieder schaute er auf die Uhr. Er hatte noch Zeit. Bis die Kinder kamen, war das noch locker zu bewerkstelligen. Auch als Tagwerk würde dieser Brief völlig ausreichen. Schon in der Anrede müsste er versuchen, den Bogen zu schlagen.

Er machte eine Bewegung auf seinen Schreibtisch zu, aber kaum in der Luft, kehrte sein Fuß zu ihm zurück, und er schüttelte den Kopf. Heute war kein guter Tag. Nur das Vorhaben war gut. Gerade deshalb durfte er es nicht unnötig überanstrengen. An einem Tag wie heute würden sich doch seine Sätze nur schmutzig durch das Notizbuch ziehen und es könnten Wochen, nein Monate vergehen, bis das Vorhaben und er sich von dieser Erschütterung wieder erholt hätten. Wie Schmieröl würde die Kläglichkeit dieses ersten Versuches an ihm haften und deshalb galt es jetzt, geduldig auf einen guten Moment zu warten, den Brief zu beginnen.

Er hob den Blick zur Decke hinauf. Aber war das dieser Brief wert? War es dieser Brief wert, dass er sich von nun ab vielleicht über lange Monate mit nichts anderem mehr beschäftigen würde, und warum war er nicht viel früher auf die Idee gekommen, dem amerikanischen Investor einen Brief zu schreiben? Das war doch ganz naheliegend. Was konnte denn den amerikanischen Investor mehr interessieren als die Menschen, die in seinen Häusern wohnten? Durch diese Menschen, ihre Tagesabläufe, ihre Kochgewohnheiten, ihre Kinder, ihre Schlaf- und Wohnzimmer begannen doch diese Häuser erst zu leben. Die Nachbarn grüßen freundlich auf der Straße und gemeinsam schaut man kurz zum Himmel hinauf, ob man nicht gerade zufälligerweise das Flugzeug des fürsorglichen Hauseigentümers sichten kann.

Er senkte den Blick wieder in Richtung seines Notizbuches hinab. Es würde bestimmt nicht leicht werden, dem amerikanischen Investor diesen Brief zu schreiben. Dennoch war die Idee richtig. Es war, seit sie diese Schwierigkeiten mit der Wohnung hatten, vermutlich die erste Idee, die ihn, über einen Zeitraum, der jetzt doch wohl schon längst die Fünfminutenmarke überschritten hatte, sinnvoll erschien. Gleich heute Abend würde er seiner Frau, wenn sie von der Arbeit kam, von dem Vorhaben berichten. Sie durchdrang die Dinge manchmal auf eine ganz andere und erhellende Art, die nicht selten in ihm einen sofortigen Impuls auslöste. Er konnte dann den Brief auch heute Abend noch schreiben. Zum Beispiel bei einem Glas Wein.

Er atmete tief durch. Hatten sie überhaupt noch Wein? Das musste er gleich mal nachprüfen. Falls nicht, konnte er aber auch mit seiner Frau, wenn die Kinder schliefen und er den Brief beendet hatte, noch ein bisschen zum Feiern vor die Tür treten. Sie mussten sich sowieso mal wieder über etwas anderes als diese blöde Wohnungsgeschichte unterhalten. Das führte zwangsläufig zum Streit. Wahrscheinlich würde seine Frau auch sein Vorhaben, dem amerikanischen Investor einen Brief zu schreiben, in Bausch und Bogen verwerfen. In all diesen Wohnungsfragen waren sie doch komplett unterschiedlicher Meinung. Wenn er sagte, sie müssten sich vielleicht auch überlegen, wie sie der Hausverwaltung entgegenkommen könnten, sagte sie, genau das müssten sie nicht. Oder wenn er sagte, dass er sich ebenso gut vorstellen könne, in Mannheim oder Offenbach zu leben oder auch Entwicklungshilfe in Afrika zu leisten, dann sagte sie, darum gehe es jetzt doch gar nicht. Und wenn er dann, spät am Abend, im Sessel zusammengesunken, klagte, dass er diese Spannung nicht mehr ertrage, dass ihn diese ganze Wohnungsfrage vollständig lähme und dass ihm jede Lösung, Hauptsache, sie erfolge so schnell wie möglich, recht sei, dann sagte sie, dass ihr das bestimmt genauso wenig Spaß mache wie ihm, aber dass sie da jetzt durchmüssten. In seinem Zimmer stand er dann, nachdem sie sich getrennt hatten, um sich in ihre jeweiligen Betten zu legen, meist noch lange vor seiner Matratze und fragte sich, ob seine Frau überhaupt eine Ahnung davon hatte, was derzeit in ihm vorging. Am Morgen verließ sie das Haus und kam erst spät am Abend zurück. Manchmal war ihm fast, als würde sie ihn mit allem hier alleinlassen. Mit den Kindern, dem Hund, dem

Telefon, dem pensionierten Hausmeister, dem vorherigen Hausmeister, der erst vor kurzem entlassen worden war, und dem neuen Hausmeister, der von nichts wusste oder nichts sagen durfte. Wenn er den neuen Hausmeister fragte, wann die Bauarbeiten in ihrem Seitentrakt beginnen würden, zuckte der nur mit der Schulter, nicht einmal, ob denn Bauarbeiten geplant waren, bekam er aus ihm heraus. Auch seinen beiden Vorgängern, die, anders als er, beide in einem der Gebäude lebten und mit denen sich der neue Hausmeister oft, in fachlichem Gespräch, auf dem Bürgersteig zusammenfand, erzählte er anscheinend nichts, denn sowohl der pensionierte Hausmeister wie auch der vorherige Hausmeister hätten es doch sofort an ihn weitergegeben.

Mit einem stillen Seufzer wandte er seinen Blick wieder zum Fenster hinaus. Gerade mit dem vorherigen Hausmeister verstand er sich doch sehr gut, und seine Kündigung, die, nur wenige Monate nachdem sie alle erfahren hatten, dass der gesamte Gebäudekomplex an einen amerikanischen Investor verkauft worden war, gleichzeitig mit der Einsetzung der neuen Hausverwaltung erfolgte, hatte ihn fast ebenso kalt erwischt wie den vorherigen Hausmeister selbst. Das ganze Haus, hatte er dem vorherigen Hausmeister lauthals versprochen, als dieser ihm am Fahrradständer von seiner Kündigung erzählte, werde entschieden gegen diese Kündigung protestieren. Das allerdings war nie geschehen. Eigentlich war gar nichts geschehen. Rein äußerlich betrachtet schien es auch, als hätte sich für den vorherigen Hausmeister seit der Kündigung gar nicht so viel verändert. Noch immer traf man ihn den ganzen Tag über irgendwo auf den Höfen oder auf dem Bürgersteig vor den Häusern an. Er trug auch noch die gleiche Kleidung und inspizierte mit seinem Blick jede Tür, jede Tonne und jede Stufe. Dennoch merkte er, dass er sich jetzt immer einen Ruck geben musste, bevor er auf ein kleines Gespräch an den vorherigen Hausmeister herantrat, denn der wirkte meist ein wenig abwesend. Mitten im Gespräch sah er zu einem der Gebäude hinauf und schüttelte den Kopf. Dann sagte er Sätze wie: »Die Zeit ist vorbei«, oder: »Was soll hier nur werden«, oder, an ihn gewandt: »Sie sollten sich auch darauf einstellen, sich etwas Neues zu suchen. Das ist kein Ort mehr für Menschen wie Sie und mich.« Wenn sie sich dann verabschiedeten, der vorherige Hausmeister seinen Weg wiederaufnahm und er die Treppen zu seiner Wohnung hinaufstieg, dann war ihm, als wollten die Stufen gar nicht enden, als könnte er steigen und steigen und käme trotzdem nie an, als sei auch er jeglicher Zukunft beraubt.

Er schüttelte den Kopf. Es tat ihm nicht gut, wenn er zu viel mit dem vorherigen Hausmeister sprach. Allerdings war er es auch gewesen, der ihm vor einer Woche von der Wohnung der fast hundert Jahre alten Frau im ebenfalls zum Komplex gehörenden Nachbarhaus erzählt hatte.

Er sah wieder zum Fenster hinaus. An diesem Tag stand, als er am Morgen aus der Tür hinaustrat, wie so oft der vorherige Hausmeister im Gespräch mit dem pensionierten Hausmeister vor dem Haus auf dem Bürgersteig, und natürlich lief auch an diesem Tag sein Hund schnurstracks auf den schon recht betagten Hund des pensionierten Hausmeisters zu, den dieser immer an der Leine hielt. Zuerst hatte er versucht, seinen Hund zurückzurufen, aber weil er ihm nicht gehorchte, gesellte er sich zu den beiden, und während er auf die Hunde hinabsah, die sich umeinander im Kreis drehten, hörte er zu, wie der pensionierte und der vorherige Hausmeister sich über den Eigentümer- und Verwaltungswechsel vor nun einundzwanzig Jahren unterhielten.

Er schlug sich mit der Hand vor die Stirn. Obwohl das nun eine Woche her war, drang erst jetzt in sein Bewusstsein vor, was er da gehört hatte, das nämlich der gesamte Gebäudekomplex vor nun einundzwanzig Jahren bereits schon einmal Eigentümer und Verwaltung gewechselt hatte. Vielleicht gab er alldem zu viel Bedeutung. Vielleicht würde auch dieser neue Wechsel kaum Spuren hinterlassen. Vielleicht bauschte er das alles nur auf, redete mit den falschen Menschen über die falschen Dinge.

Er sah auf seine Hände. Allerdings hatte die vorherige Hausverwaltung den vorvorherigen Hausmeister nicht in die Wüste geschickt, sondern hatte ihn, weil seine Zeit gekommen war, in Würde in Rente gehen lassen. Darin lag vermutlich auch der Grund, warum der pensionierte Hausmeister stets gute Laune auf dem Bürgersteig verbreitete und sein sonniges Gemüt freigiebig allen Gesichtern, die er erkannte, entgegenstrahlen ließ. Den ganzen Tag lief er mit seinem Hund, als klaffte davor und dahinter ein unüberwindlicher Abgrund, das Stück des Bürgersteiges auf und ab, an dem die drei Vorderhäuser des Gebäudekomplexes standen. Es war kaum möglich, ihm nicht zu begegnen. Sogar den vorherigen Hausmeister hatte er vor einer Woche mit seinem Gespräch derart belebt, dass er ihm bereitwillig und ohne zu klagen oder dabei ins Grübeln zu geraten von der Wohnung der fast hundert Jahre alten Frau erzählte. Die an diesem Tag etwas hellere Stimmung des vorherigen

Hausmeisters nutzend, hatte er ihn nämlich gefragt, ob es nicht in einem der Vorderhäuser zufällig gerade eine leer stehende Wohnung gebe, die für sie in Betracht komme. Sein Hintergedanke dabei war, falls tatsächlich eine solche Wohnung gerade frei stünde, der Hausverwaltung anzubieten, auch wenn diese Wohnung vielleicht ein bis eineinhalb Zimmer weniger als ihre jetzige haben würde, trotzdem zu tauschen, vorausgesetzt natürlich, die Verwaltung würde ihnen dafür mit der Miete ein gutes Stück entgegenkommen. Dann konnte die Hausverwaltung ihre jetzige Wohnung, die wahrscheinlich die schönste Perle im ganzen Gebäudekomplex war, luxussanieren, wie sie nur wollte, und er hätte endlich wieder seine Ruhe. Seine Frau, mit der er diesen Plan schon mehrfach erörtert hatte, hielt von ihm naturgemäß nichts. Dennoch war er weit davon entfernt, ihn wieder zu verwerfen. Auch die Auskunft des vorherigen Hausmeisters hatte ihn nicht gerade entmutigt. Außer einer Dreieinhalb-Zimmer-Wohnung im ersten Stock des Nachbargebäudes, in der eine fast hundert Jahre alte Frau lebte, hatte er gesagt, gebe es in den Vorderhäusern keine Wohnung, die größer als zweieinhalb Zimmer sei. Natürlich könnten sie über kurz oder lang seine Wohnung haben. Er könne sich die Miete schon jetzt nicht mehr leisten. Aber die habe nur zwei Zimmer und es sei ja ein Unterschied, ob man, wie er, allein sei oder wie sie zu viert. Ob er denn der fast hundert Jahre alten Frau manchmal begegne, hatte er den vorherigen Hausmeister gefragt. Hin und wieder könne man sie schon am Fenster sehen, hatte der vorherige Hausmeister geantwortet. Aber jetzt bei diesen Temperaturen sei es ihr wahrscheinlich viel zu heiß. Das sei ja ohnehin kein Wetter, das derart alte Menschen gut vertrügen.

Er sah zur Tür und sein Herz schlug schneller. Mit der Hand umfasste er den Wohnungsschlüssel in seiner Hosentasche. Vielleicht sollte er noch mal auf einen Sprung hinuntergehen und gucken, ob er die fast hundert Jahre alte Frau jetzt am Fenster erblickte. Aber welche Bedeutung hätte das? Welche Bedeutung hätte es, falls er sie entdeckte, und welche Bedeutung hätte es, falls er sie, wie in der ganzen letzten Woche, wieder nicht entdeckte? Er war doch weit davon entfernt, daraus irgendeine Schlussfolgerung zu ziehen. Ebenso wenig Bedeutung hatte deshalb auch die Tatsache, dass er gestern, am späten Abend, weder zur Straße noch zum Hof hin in der Wohnung der fast hundert Jahre alten Frau Licht hatte brennen sehen, und selbst wenn er heute wieder kein Licht brennen sehen würde, nicht die kleinste Mutmaßung würde seinem Mund entweichen. So unglücklich war der gestrige Abend verlaufen und so trübe war der Schatten, der sich plötzlich, wie aus heiterem Himmel, auf ihn herabgesenkt hatte, dass er das Gespräch nie wieder auf die Wohnung der fast hundert Jahre alten Frau lenken würde und schon gar nicht gleich heute. Heute würde seine Frau ihn doch nur erneut missverstehen. Wahrscheinlich würde sie ihn sogar vorsätzlich missverstehen.

Er zog seine Hand aus der Hosentasche und sah auf seine Finger, die leicht zitterten. Allein, dass es diese Wohnung der fast hundert Jahre alten Frau gab, half ihm durch die Tage und war ihm ein Trost. Ein anderes Interesse an dieser Wohnung hatte er doch nie geäußert. Wie aber sollte man das einem Menschen erklären, der darin schon die größte Arglist erblickte? Es war ja nun auch wirklich nicht so, dass er, seit der vorherige Hausmeister ihm von der

Wohnung der fast hundert Jahre alten Frau erzählt hatte, nun Tag und Nacht um das Nachbarhaus herumgeschlichen wäre, sondern er hatte einige Male beiläufig, wenn er zufällig am Nachbarhaus vorbeigekommen war, zu den Fenstern im ersten Stock hinaufgeschaut.

Er verlagerte sein Gewicht von dem einen Fuß auf den anderen. Natürlich hatte es ihn bei seinen kleinen Erkundigungen in der letzten Woche auch ein paarmal auf den Hof des Nachbarhauses verschlagen, und dass er die sieben Namen, warum eigentlich sieben?, auf dem Klingelschild an der Eingangstür des Nachbarhauses bereits auswendig kannte, hatte ja gestern zum Glück gar nicht zur Debatte gestanden.

Er fuhr sich mit der Hand über die Stirn, die ein wenig feucht war. Weshalb sollte er sich in diesen ungewissen Zeiten nicht für das Nachbarhaus interessieren? Im Gegensatz zu seiner Frau beharrte er eben nicht stur auf einem Standpunkt, sondern versuchte, etwas Spielerisches in die Situation zu bringen. Es war nur tatsächlich ein bisschen ungeschickt gewesen, wie er das Gespräch, als er gestern seiner Frau zum ersten Mal von der Wohnung der fast hundert Jahre alten Frau erzählte, eingeleitet hatte. Er war schlicht zu müde gewesen, hatte den ganzen Tag bereits zu viel erlebt und war ja auch gerade erst von dem Hof des Nachbarhauses zurückgekehrt, wo er diese an ein Wunder grenzende Erscheinung gehabt hatte. Warum bloß war es ihm nicht gelungen, seiner Frau nur von dieser Erscheinung zu berichten? Die Kuppe seines kleinen Fingers würde er darum geben, das ganze gestrige Gespräch wieder rückgängig zu machen. Gleich jetzt würde er sie mit seinem Taschenmesser abtrennen und sie seiner Frau auf den Nachttisch legen. Von seiner ganzen Anlage her war der gestrige Abend schon völlig verkorkst gewesen. Allein dass auch noch die beste Freundin seiner Frau zu Besuch kommen musste, war schon der denkbar schlechteste Einstieg in den Abend gewesen. Wir sitzen dann im Wohnzimmer, hatte seine Frau auf ihre energische Art und Weise gesagt, du kannst ja in dein Arbeitszimmer gehen. Er hatte aber überhaupt keine Lust gehabt, in sein Arbeitszimmer zu gehen. Am liebsten hätte er sich einfach zu ihnen gesetzt. Aber die beste Freundin seiner Frau war durch seine Anwesenheit immer ein wenig eingeschüchtert. Zudem sprach sie so langsam, dass er nie umhinkonnte, ihr mit den Worten vorauszueilen. Ins Arbeitszimmer jedoch hatte er auch nicht mehr gekonnt. So schrecklich war der gestrige Arbeitstag wieder gewesen, dass ihm, sobald er sich seinem Tisch nur näherte, schon war, als würde er aus seinem Notizbuch heraus mit Kot beworfen. Also hatte er sich noch kurz neben seine gerade einschlafende Tochter gelegt. Dann hatte er sich plötzlich erhoben, hatte den Hund zu sich gepfiffen und war hinunter auf die Straße gegangen. In einer nahen Kneipe hatte er sich auf einen Barhocker gesetzt und auf einen Bildschirm gestarrt, auf dem ein Handballspiel lief. Der Wirt, obwohl er doch diese Kneipe sonst immer mied, hatte ihn wie einen alten Bekannten mit einem festen Händedruck begrüßt und dann auch gleich ein Bier vor ihn hingestellt, das aber höchstens halb voll gewesen sein konnte, denn kaum, dass er einen Schluck genommen hatte, dümpelte die gesamte Schaumkrone auch schon am Grund des Glases vor sich hin. Als der Mensch, der hinter ihm saß, ihm innerhalb kürzester Zeit nun bereits das dritte Mal auf die Schulter getippt hatte, er möge doch noch ein Stückchen rücken, er könne nämlich noch immer nichts sehen, hatte er sich schweigend erhoben und sich mit seinem zweiten Bier nach draußen vor die Tür gesetzt. Dort hatte er noch drei Bier getrunken, die auch nicht gut gezapft waren, und als er dann zum Zahlen an den Tresen trat, lief das Spiel noch immer. Es ist vielleicht doch noch ein wenig früh, um bereits wieder zu Hause zu erscheinen, hatte er gedacht, nachdem er die Kneipe verlassen hatte, und war deshalb mit größter Langsamkeit noch einmal mit dem Hund um den Block herumgeschlendert. Vor dem Haus, in dem die fast hundert Jahre alte Frau lebte, hatte er wieder den Kopf gehoben, und weil zur Straße hin in ihrer Wohnung kein Licht brannte, hatte er leise die schwere Tür zum Hof aufgedrückt. Auch in den hinteren, zum Hof hin gelegenen Räumen der Wohnung der fast hundert Jahre alten Frau hatte kein Licht gebrannt. Das ganze Gebäude war auf dieser Seite dunkel gewesen. Nur die helle Wand, die den Hof an der Stirnseite eng abschloss, hatte mild zu ihm hingeleuchtet. Zuerst aber war ihm nur die Stille aufgefallen. So still war es auf diesem Hof, als sei er, einmal errichtet, nie wieder berührt worden, eine märchenhaft vergessene Welt, die ihrer Erweckung harrte. Wie ergraute Hochzeitskleider hingen die Gardinen vor den Fenstern der Wohnung der fast hundert Jahre alten Frau. Hinter dem einen Fenster musste sich die Küche verbergen, dann konnte hinter dem anderen Fenster nur das halbe Zimmer liegen, ein Zimmer, als sei es eigens für ihn erdacht, mit einem Blick auf diese sanfte Wand, zu der es ihn jetzt plötzlich, indem er sich zu ihr umwandte, mit ausgebreiteten Armen hingezogen hatte, weil ihm etwas Heilendes von ihr entgegenströmte, als würden sich die Ängste der vergangenen Wochen und Monate gerade verflüchtigen. Das war seine Wand, und während er sich ihr nun Schritt für Schritt näherte, war ihm schon, als würde er sich aus dem halben Zimmer heraus dabei beobachten. Diese Wand würde er besingen. Mit ihr würde er sich vermählen. Tag und Nacht würde er mit schlafwandlerischem Blick zu ihr hinsehen und die Wand würde all seine Träume auffangen, um sie zu ihm zurückzuwerfen. Vor der Wand war er dann auf die Knie gesunken.

Wieder strich er sich über die feuchte Stirn. Was hätte seine Frau wohl gedacht, wenn sie ihn dort gesehen hätte? Vielleicht hätte sie ihn für verrückt gehalten, vielleicht hätte sie ihn aber auch zum ersten Mal seit langer Zeit wieder verstanden, seine Not und seine Kraft. Nichts hätte er sich doch sehnlicher gewünscht, als dass seine Frau gestern in dieser Sekunde seine Hand ergriffen und sich neben ihn gekniet hätte.

Noch einmal fuhr er sich über die Stirn, und da er jetzt zu dem wolkenlosen Himmel hinaufsah, spürte er wieder den rauen Putz auf seinen Lippen und in seinem Kopf schwindelte erneut die Benommenheit, die ihn auch gestern erfasst hatte, nachdem sich seine Lippen wieder von der Wand gelöst hatten, eine herrliche Benommenheit, während derer er gewiss war, dass es nur eine Fügung gewesen sein konnte, die ihn auf den Hof verschlagen hatte, und dass die fast hundert Jahre alte Frau ein Teil dieser Fügung war, dass sie schon seit Jahren hinter ihrer ergrauten Gardine auf ihn wartete und nun endlich mit einem schwachen, aber beruhigten Lächeln im schmalen, runzligen Gesicht die Augen schließen konnte. Zurück auf der

Straße, war ihm noch immer ganz taumelig gewesen, und nur weil ein leichter Windstoß ihn erfasste, hatte er wieder zu sich zurückgefunden. »Die Winde«, hatte er noch geflüstert, kurz die Hände über seinem Kopf verschränkt und dann war er, mit freudig entrücktem Gesicht, die Treppen zu seiner Wohnung hinaufgeeilt. Seine Frau hatte mit ihrer Freundin noch am Wohnzimmertisch gesessen und etwas gequält zu ihm aufgeblickt. Trotzdem und auch, weil er gedacht hatte, dass dies schließlich auch seine Wohnung sei, hatte er sich zu ihnen gesetzt. Vom Tisch hatte er sich ein Wasserglas der Kinder genommen, den kleinen Restschluck, der schal am Boden schwamm, geleert und dann den Rest der Weinflasche in das Glas geschenkt. Den ersten Schluck musste er deshalb vorsichtig vom Rand abtrinken. Er hatte dann aber auch gleich angeboten, eine neue Flasche zu holen. »Meinetwegen nicht«, hatte die Freundin seiner Frau gesagt und dankend mit der Hand abgewinkt, »ich muss sowieso gleich gehen.« »Ach Quatsch!«, hatte er gerufen und war in die Küche geeilt. Als er jedoch mit der entkorkten Flasche zurückkam, hatte sich die Freundin bereits erhoben und es überraschte auch ihn, wie fest er sie zum Abschied an sich drückte. »Aber du trinkst doch noch einen Schluck mit mir?«, hatte er seine Frau gefragt, als sie vom Flur wieder ins Wohnzimmer getreten war. »Aber nur ein Glas«, hatte sie geantwortet, und dann saßen sie sich gegenüber.

Er sah zum Hund hinunter. In seinem Sinn war es nicht gewesen, dass sie sich wieder gestritten hatten. Vielleicht hatte er das Gespräch aber doch zu übermütig begonnen. Dabei hatte er seiner Frau eigentlich nur erzählt, was der vorherige Hausmeister ihm vor einer Woche erzählt hatte, und dann hatte er noch hinzugefügt, was allerdings nicht ganz stimmte, weil es genau genommen nur auf den gestrigen Abend zutraf, dass er seit nun bereits fünf Tagen in der Wohnung der fast hundert Jahre alten Frau kein Licht mehr hatte brennen sehen. Er betrachte das Ganze ja auch nur als eine Option. Das hatte er doch gestern mit der Hand auf der Brust oft genug beteuert. Aber wenn da doch jemand in der Wohnung lebt, hatte seine Frau immer wieder dazwischengeworfen. Dann geht es natürlich nicht, hatte er irgendwann gesagt. Aber worüber reden wir denn dann?, hatte seine Frau gefragt. Nun setz doch mal das Weinglas ab!, hatte sie gesagt und dann hatte sie sich erhoben und war in die Küche gegangen, um die Schulbrote der Kinder für den nächsten Tag zu bereiten. Er war noch eine Weile am Tisch sitzen geblieben. Dann, nachdem er erst sein Weinglas und im Stehen auch noch das Weinglas seiner Frau geleert hatte, war er ihr mit neuem Schwung in die Küche gefolgt. Wir reden, weil wir reden müssen, hatte er gesagt. Ich will das alles aber gar nicht hören!, hatte seine Frau gerufen. Das ist doch überhaupt nicht böse gemeint!, hatte er zurückgerufen und war ihr hinterher ins Badezimmer gestolpert. So ist die Welt eben, hatte er gesagt. Wir können doch den Lauf der Dinge nicht ändern, hatte er gesagt. Ein herrlicher, die Welt verzehrender Saharasturm!, hatte er gerufen. Oder hatte er das nur gedacht? Wie lange würde es wohl bei diesen Temperaturen dauern, bis der Geruch eines verwesenden Menschen ins Treppenhaus zog? Er musste unbedingt noch mal in das Nachbarhaus. Am besten jetzt gleich! Ich will doch nur arbeiten!, hatte er gerufen. Jeder Luxus ist mir fremd!, hatte er gerufen. Selbst ein viertel Zimmer könnte schon alle meine Träume erfüllen. Schatz, wenn du mit mir, anstatt mit deiner blöden Freundin im Wohnzimmer herumzusitzen, die Wand betrachtet hättest, dann würden wir doch gar nicht streiten. Wie einen Projektor will ich meine Augen scharf stellen, und nicht nur die neuen Nachbarn werden sich aus ihren Fenstern lehnen, um staunend der tollkühnen Vorstellung auf der Wand zu folgen, sondern auch die fast hundert Jahre alte Frau wird beseelt vom Himmel aus mit ihren welken Armen applaudieren. Du hast mich doch völlig missverstanden!, hatte er gerufen. Du kennst mich doch lange genug, um zu wissen, dass sich hinter dieser Stirn keine dunklen Gedanken verbergen, hatte er gesagt und sich dabei innerlich schelmisch angegrinst. Dann war er erbost ins Wohnzimmer geeilt, um sich die Lippen mit einem Schlückchen Wein zu benetzen. Lass uns lieber über was anderes reden, hatte er noch einlenkend auf der Schwelle zum Zimmer seiner Frau vorgeschlagen. Leck mich am Arsch!, hatte sie geschrien, und mit einem alles erschütternden Knall war die Tür vor seiner Nase zugeflogen.

Wieder fuhr er sich über die Stirn und wischte sich die Hand an der Hose ab. Im Wohnzimmer dann war er auf und ab gegangen und hatte sich auch noch ein Glas Wein eingeschenkt. Oder war er noch mal auf der Straße gewesen?

Er schüttelte den Kopf. Hier am offenen Fenster hatte er gestanden und auf die wehende Baumkrone hinabgeblickt.

Er atmete tief durch. Es war auch für den ganzen Verlauf des Abends äußerst ungünstig gewesen, dass er ausgerechnet gestern, irgendwann im Laufe des Tages, inmitten der größten Hitze die Nachricht im Radio gehört hatte, dass durch das Eintreffen der Saharawinde die Temperaturen in den nächsten Tagen noch einmal deutlich ansteigen würden.

Mit der Hand begann er sich wild Luft zuzufächeln. Solche Meldungen dürften doch eigentlich gar nicht gebracht werden. Solche Meldungen verführten doch nur zu unguten Gedanken. Noch im Bett, als sich schon alles schummrig um ihn drehte, während er gleichzeitig glaubte, kopfüber senkrecht in die Tiefe zu stürzen, hatte ihn der Gedanke fest umfangen gehalten, dass die Saharawinde schon alles richten würden. War das wirklich der Grund, weshalb er, als er heute Morgen aufgewacht war, zum ersten Mal seit so vielen Wochen wieder gute Laune gehabt hatte? Vielleicht war die Empfindung seiner Frau gar nicht so falsch. Vielleicht hatte er sich da wirklich in etwas hineingedacht, das seiner nicht würdig war.

Er ließ die Hand sinken und sah zur Tür, die ins Wohnzimmer führte. Vermutlich war ihm auch der Alkohol gestern nicht besonders gut bekommen. Seit sie diese Wohnungsprobleme hatten, eigentlich seit dem Tag, an dem die Absenkung der Böden in Küche und Bad quasi amtlich durch den Statiker bestätigt worden war, vertrug er Alkohol ohnehin nur noch schlecht. Oder trank er seitdem zügelloser?

Wieder fuhr er sich über die nasse Stirn. Das war doch gar nicht so viel, was er gestern getrunken hatte. Die fünf halben Bierchen und dann noch ein paar Schlückchen Wein. Vor ein paar Monaten hätte er seine Frau höflich in ihr Schlafzimmer geleitet und sich dann wohlig angeregt an seinen Schreibtisch gesetzt, um sich zumindest noch ein paar Notizen zu machen. Vor ein paar Monaten wäre es ihm nach den paar Bieren und den paar Schluck Wein niemals passiert, hinterher mit einem fehlgeleiteten und auch etwas abwegigen Gedanken wie halbtot in sein Bett zu sinken. Woran hatte er eigentlich vor ein paar Monaten gearbeitet? Das war jetzt ja wie eine andere Welt! Nur deshalb hatte er sich doch gestern zu Hause noch etwas von dem Wein eingeschenkt, damit er einschlafen konnte. Wenigstens nachts brauchte er doch ein paar Momente Ruhe vor dem Wohnungsproblem. Wenn er sich, ohne etwas zu trinken, hinlegte, eröffnete das Wohnungsproblem die ganze Nacht über eine regelrechte Jagd auf ihn. Darum war er auch schon seit mehreren Wochen nicht mehr, ohne einen Schluck getrunken zu haben, ins Bett gegangen. Das hieß aber leider trotzdem nicht, dass er jetzt gut schlief. Im Gegenteil, er riss die Augen jede Nacht schon nach kurzer Zeit wieder auf. Dann hatte er gerade seine Tochter aus dem Fenster stürzen sehen, oder er hatte, während er wie gelähmt vor dem Zahnpastasortiment stand, seine Frau im Drogeriemarkt gegenüber gerade dabei ertappt, wie sie sich in leidenschaftlicher Umarmung dem schnauzbärtigen Verkäufer hingab, oder er hörte die traurige Stimme seines Sohnes, der gerade mit Tränen in den Augen vor der Klasse verkündete, dass er sich auch einen Papa wünsche, der hin und wieder etwas Geld verdiene, oder er sah seinen Vater, der gerade mit grimmiger Miene die Axt aus dem Schädel seiner Mutter zog. Meist aber riss er die Augen wieder auf, weil ihm plötzlich war, als seien alle Wände um ihn herum abgetragen worden, und während er sich noch, leise vor sich hin flüsternd, zu beruhigen suchte, war ihm schon längst, als würde er, an Händen und Füßen gefesselt, in einem Moor versenkt.

Er sah wieder zu dem Hund hin. Von diesen vielen Albträumen hatte er seiner Frau bis jetzt noch gar nichts erzählt und auch nicht, dass er sich jedes Mal, wenn er nachts in rasender Angst die Augen aufriss, wünschte, sie würde neben ihm liegen. Warum nur hatten sie sich damals, mit der Geburt des zweiten Kindes, dafür entschieden, von nun an in getrennten Zimmern zu schlafen? Die ersten Jahre hatte das ja sogar einen Sinn gehabt. Seine Frau hatte es nämlich nicht ertragen, dass er nachts immer wieder das Licht anknipste, um sich ein Buch zu nehmen, in dem er dann doch nur in den seltensten Fällen ein paar Zeilen las, und ihn wiederum hatte das Schmatzen des Säuglings an der Brust seiner Frau so nervös gemacht, dass er immer wieder das Licht anknipste. Doch warum sollten sie jetzt nicht wieder in einem Zimmer schlafen und was war an diesem Gedanken eigentlich so befremdlich, dass es ihm geradezu schien, dieser Gedanke komme einer kleinen Revolution gleich?

Er trat einen Schritt auf seinen Schreibtisch zu. Aus der bisherigen Erfahrung der Ehe war doch nur der Schluss zu ziehen, dass Gepflogenheiten der Nähe, waren sie einmal verschüttet, sich, wie für ewig vergessen, niemals wiederbelebten. So hatten sie sich die ersten Jahre auf der Straße immer an der Hand gehalten, später hatten sie sich noch hin und wieder untergehakt, aber jetzt berührten sie sich auf der Straße schon lange nicht mehr. Ähnlich verhielt es sich mit dem Gutenachtkuss, den sie sich immer gegeben hatten, bevor jeder die Tür seines Zimmers hinter sich schloss. Auch der war gänzlich verschwunden. Wohin aber sollte das alles führen? Zwei erschöpfte Menschen, die einander in ihrer großen Wohnung in Vergessenheit geraten waren. Anstatt immer nur missmutig über sich absenkende Böden oder mögliche Abfindungssummen zu sprechen, wäre es doch viel interessanter und wichtiger, sich diesem Thema zu widmen. Sie müssten sowieso wieder offener miteinander reden. Zuerst aber würde er seiner Frau mitteilen, dass er beschlossen habe, von heute ab für einige Zeit keinen Alkohol mehr zu trinken.

Mit der Hand fuhr er sich über die Bartstoppeln. Das war eine gute Idee! Ganz frisch würde er sich später machen. Von heute ab würden nur noch klare Gedanken seine Tage beherrschen. Vielleicht sollte er deshalb heute auch etwas anderes anziehen.

Mit zwei Fingern zupfte er an seinem T-Shirt und sah an sich hinunter. Dass er keine Schuhe trug, war noch am verzeihlichsten, aber die Hose hätte er bereits vor einer Woche wechseln können und das ausgeblichene T-Shirt hätte längst in den Müll gehört. Er könnte doch auch mal wieder sein Jackett anziehen und sich einen der Seidenschals, die er von seiner Großmutter geerbt hatte, um den Hals binden. Richtig feierlich würde er sich heute Abend kleiden und dann würde er seiner Frau vor den Kindern verkünden, dass er beschlossen habe, von heute ab bis zur endgültigen Klärung des Wohnungsproblems keinen Alkohol mehr zu trinken. Aber war es nicht übertrieben, diesen Beschluss gleich an die große Glocke zu hängen? Vielleicht wäre die Wirkung noch viel größer, wenn er sich heute Abend einfach, statt eines Glases Wein, ein Glas Wasser aus der Küche holen würde. Bis in eine ungewisse Zukunft hinein würde er sich jetzt jeden Tag, immer wenn die Kinder aus der Schule kamen, eine Flasche Wasser für den Abend in das Eisfach stellen.

Er ballte kurz die Fäuste. Was sie dadurch an Geld sparten! Aber das war nicht das Hauptsächliche. Hauptsächlich war nur, dass er seine Frau heute Abend überraschen wollte. Zuerst würde sie nur verblüfft auf das Glas Wasser blicken, und dann würde ihr erst auffallen, wie hübsch er sich für sie gemacht hatte und wie überaus angenehm er duftete. Vielleicht wäre sogar die Folge, dass er, noch in derselben Stunde, in ihr eine gar nicht mehr so gewöhnliche Begehrlichkeit erwecken würde. Auf jeden Fall ließe sich so wieder ganz anders miteinander sprechen. Weißt du, würde er später sagen und einen Schluck von seinem eiskalten Wasser nehmen, es fiele mir noch viel leichter, nichts zu trinken, wenn du dir meine Gedanken und Vorschläge zu unserem Wohnungsproblem etwas gnädiger, mit dem nötigen Respekt und dem nötigen Verständnis, und ohne dabei immer gleich wie eine Geistesgestörte in Rage zu geraten, wenigstens anhören würdest. Ich gebe ja zu, würde er fortfahren und sich mit größter Gelassenheit zurücklehnen, dass sich unter meinen Ideen auch mal die eine oder andere etwas irrige verbergen mag. Andererseits ist mir deine sture Haltung hinsichtlich unseres Problems auch nicht immer zugänglich. Ohne auch nur das Geringste an dir kritisieren zu wollen, verstehe ich zum Beispiel nicht, weshalb du so vehement auf dieser großen Wohnung beharrst, wo du doch eigentlich so gut wie nie da bist. Auch du musst doch zugeben, dass ich mich in diesem Punkt, obwohl mich ein Umzug in eine kleinere Wohnung doch sehr viel mehr als dich einschränken würde, wesentlich kompromissbereiter zeige. Ich würde gar nicht so weit gehen, zu sagen, dass hier Flexibilität gegen starres Prinzip steht, vielmehr vermute ich hinter deinem Handeln Beweggründe, die dir selbst bis zu diesem Moment noch gar nicht bewusst waren. Wahrscheinlich fürchtest du dich schlicht vor der größeren Nähe, mit der wir uns in einer kleineren Wohnung begegnen würden.

Er senkte den Kopf und fuhr sich mit den Händen über das Gesicht. Das wäre vielleicht doch keine gelungene Rede für den heutigen Abend. Nach dem gestrigen sollte doch der heutige Abend ein Versöhnungsfest werden. Warum führte er seine Frau, wenn die Kinder eingeschlafen waren, nicht einfach zum Essen aus? Aber er trank ja nichts mehr. Allein die Vorstellung, sich gleich am ersten alkoholfreien Abend zwischen zahlreiche, fröhliche Menschen in ein Restaurant zu setzen und dem Kellner vorab zu vermitteln, dass er doch bitte zur Rechnung bloß keinen Schnaps servieren solle, spannte ihn jetzt schon an. Außerdem musste er, bevor er sich wieder mit seiner Frau vertrug, ihr unbedingt noch sagen, dass ihr gestriger Eindruck, er würde der fast hundert Jahre alten Frau etwas Schlechtes wünschen, ihn nicht nur schwer getroffen hatte, sondern dass er ihn auch als äußerst ungerecht empfand. Wenn er den Verdacht, den seine Frau gegen ihn hegte, gegen sie hegen würde, er wüsste doch gar nicht mehr, wie er sie ansehen sollte. Vermutlich wäre ihm schon der geringste Anlass für eine Trennung willkommen.

Wieder fühlte er Schweiß auf seiner Stirn ausbrechen. Was wusste seine Frau denn schon? Von den Saharawinden hatte er ihr doch hoffentlich wirklich nichts erzählt, und dass er aus den Gedanken an diese Winde letzte Nacht eine Energie geschöpft hatte, die ihn heute am Morgen mit einer lange nicht mehr gekannten Zuversicht erwachen ließ, konnte sie doch schon gar nicht wissen.

Erneut fuhr er sich über die nasse Stirn. Wie konnte er das nur wiedergutmachen? Er liebte doch seine Frau. Wenn sie es verlangte, würde er noch heute Abend in seinem Jackett und mit dem Seidentuch um den Hals zu der Wohnung der fast hundert Jahre alten Frau hinüberschlendern, um sich bei ihr für seine gestrigen Gedanken zu entschuldigen. Vielleicht war es sogar das, was er heute Abend seiner Frau bei einem großen Glas eiskalten Wassers vorschlagen sollte.

Er sah zu seinem Bett hin. Das Treppenhaus des Nachbarhauses hatte er noch nie betreten. Ob er wohl klingeln musste? Vielleicht aber war die Eingangstür des Nachbarhauses, wie ihre auch, meistens nicht richtig eingeschnappt. Nur, warum sollte die fast hundert Jahre alte Frau ihn überhaupt in ihre Wohnung einlassen?

Er seufzte tief auf. Schon der kürzeste Moment, den er durch die Tür in den Flur der Wohnung der fast hundert Jahre alten Frau spähen konnte, würde ihm genügen. Durch seine bisherigen vierzehn Umzüge hatte er sich doch einen geschärften Blick für Raumverhältnisse erworben. Zimmeraufteilung perfekt, Dielen vorhanden, nur abschleifen, Tapeten runter, anschließend ausgiebig lüften, bums! Fertig ist das neue Paradies. Keine Sekunde brauchte er, um das zu erfassen.

Er schloss die Augen. Was hinderte ihn eigentlich daran, bei der fast hundert Jahre alten Frau mal kurz vorbeizuschauen? Bestimmt hatte sie schon lange keinen Besuch mehr bekommen und erst recht nicht von einem, aus ihrer Sicht, jugendlichen Herrn, in einem gepflegten, karierten Jackett und mit einem, aus ihrer Sicht, äußerst modischen Seidentuch um den Hals. Ach so, Sie wollen sich entschuldigen, junger Mann, na da kommen Sie doch erst mal herein. Es ist ein bisschen warm bei mir, ich habe es nämlich gern, wenn die Fenster geschlossen sind. Seit fünfzehn Jahren war ich nicht mehr vor der Tür. Trinken Sie denn einen Likör mit mir? Ob Sie es glauben oder nicht, junger Mann, über siebzig Jahre müssen jetzt vergangen sein, dass sich das letzte Mal eine so adrette Erscheinung wie Sie bei mir entschuldigt hat. Der junge Mann damals trug ebenfalls ein Seidentuch. Ach so, Sie wollen sich auch umsehen. Aber gern. Ich habe übrigens noch ein weiteres Zimmer, wenn ich Ihnen das noch zeigen darf, eigentlich nur ein halbes Zimmer, aber es ist der Schatz dieser Wohnung. Sehen Sie die Wand dort, junger Mann? Es geht eine Kraft von ihr aus, eine Kraft, die mich bisher am Leben gehalten hat und die mich auch noch eine Weile am Leben erhalten wird. Was gucken Sie denn so versteinert, junger Mann, und warum schnüren Sie sich das Seidentuch vom Hals? Bleiben Sie, wo Sie sind! Das dürfen Sie doch nicht tun, junger Mann, eine alte Frau, das dürfen Sie …

Er riss die Augen auf und ließ die Arme sinken. Als sei die Welt um ihn herum aufgesogen worden, starrte er in die Helligkeit. Er musste aus diesem Zimmer heraus. Das war nicht sein Zimmer! Wo war der Hund? Der Schreibtisch! Tief holte er Luft. Dann erblickte er seine Füße, den Boden seines Arbeitszimmers. »Kühle«, stöhnte er, taumelte zum Fenster und zog es mit mächtigem Schwung auf. Ein Schwall warmer, gestauter Luft umfing ihn, und da er in die Knie sank und sich, den Kopf voran, an der Wand abstützte, war ihm, als sähe er sich, wie er von der Straße her, das Seidentuch schlaff in der Hand, in seinen Hauseingang bog, fühlte, während er mit schweren Schritten, den

Blick zu Boden gerichtet, die Stufen zu seiner Wohnung hinaufschlich, die peinigenden Blicke seiner Nachbarn, die ihn aus ihren halb geöffneten Türen grußlos musterten, hörte, endlich oben in seiner Wohnung angekommen, wie die Kinder ihre Räume von innen her verschlossen, sah für einen kürzesten Moment in ihre Gesichter, die erschrocken die Luft anhielten, bis er an ihren Türen vorüber war, und als er nun ins Wohnzimmer trat, erhaschte er noch den Schatten seiner Frau, die ihm in den hinteren Flur enteilte, und während er sie jetzt mit immer schnelleren Schritten einzuholen trachtete, war ihm plötzlich, als sei er in gleißendes Licht gehüllt, durch das er jetzt, einen hohen Klang im Ohr, der immer schmerzender in seinem Kopf vibrierte, hindurchzustaksen suchte, einem Ende entgegen, wo es doch nicht einmal einen Anfang gab.

Er warf den Kopf in den Nacken. Was hatte er denn eigentlich getan? Vermutlich war die fast hundert Jahre alte Frau ohnehin längst tot, verdurstet in der Wüste, hingemordet von einem Verrückten. Wahrscheinlich saß sie schon seit Stunden, das Kinn auf die Brust gesackt, still und friedlich in ihrem geblümten Sessel und wahrscheinlich wussten alle außer ihm schon längst, dass in der Wohnung der fast hundert Jahre alten Frau etwas geschehen war. Nichts entging dem vorherigen Hausmeister. Stand ein fremdes Fahrrad länger als zwei Tage auf dem Hof, klebte schon ein Zettel daran, und wenn jemand seine Blumen nicht regelmäßig, fast stündlich goss, wurde er auf der Straße auf deren kümmerlichen Zustand hingewiesen. Auf keinen Fall war dem vorherigen Hausmeister entgangen, dass gestern in der Wohnung der fast hundert Jahre alten Frau nirgends ein Licht gebrannt hatte. Wenn nicht schon in der Nacht, so doch vom frühen Morgen ab hatte er bereits bei der neuen Hausverwaltung Alarm geschlagen und vermutlich, vielleicht sogar gerade jetzt, just in diesem Augenblick, klopfte die Dame von der Hausverwaltung an die Tür der fast hundert Jahre alten Frau. Wollen Sie mich denn gar nicht einlassen, liebe alte Frau? Dann muss ich jetzt wohl selbst die Tür öffnen. Eins, zwei, drei, ich bin so frei. Huhu! Hallo! Ah, da sind Sie ja. Und was Sie für ein schönes Tuch um den Hals tragen. Wollen Sie mir denn gar nicht »Guten Tag« sagen? Sie gestatten doch, dass ich mich ein wenig umschaue. Puh, hier muss aber schleunigst gelüftet werden. Wie hausen Sie denn bloß, wenn ich Sie das fragen darf? Die Gardinen seit Jahren ungewaschen, ekelhaft, die Polster vollständig verstaubt, ekelhaft, das Geschirr schlierig, ekelhaft, die Teppiche bis zum Parkett durchgewetzt. Ich fass es ja gar nicht! Wie kann man denn so hausen? Haben Sie sich denn nie überlegt, wie schön Sie es hier haben könnten? Eine Schleifmaschine vier, fünf Tage in geübter Hand würde schon viel verwandeln. Ehrlich gesagt, alte Frau, kommen mir, je länger ich mich hier umschaue, tatsächlich Zweifel, ob Sie es überhaupt verdient haben, in dieser Wohnung zu leben. Regelrecht herzlos erscheint es mir, was Sie mit diesen Räumen veranstalten. Versetzen Sie sich doch mal in die Lage anderer Menschen. Eine ganze Familie könnte hier leben, glückliche Kinder könnten hier heranwachsen. Sehen Sie nur mal in dieses kleine Zimmer hinein. Da wäre sogar noch Raum für jemanden, der zu Hause arbeitet, einen Schriftsteller etwa, dem vom Morgen an bis in den späten Abend hinein die wunderlichsten Ideen wie Haare aus dem Kopf sprießen und der den Stift nur niederlegt, um mit seiner

Frau eine stürmische Nacht zu verbringen. Ein Kinderbuch, da pflichten Sie mir doch bestimmt bei, scheint mir das einzige Vorhaben zu sein, das den ganzen Muff aus diesen Räumen blasen könnte, und eine Frau, die guter Hoffnung ist. Lustig steht sie auf der Leiter und spachtelt die Decke ab. Hin und wieder wirft sie einen schmachtenden Blick zu der Tür, hinter der ihr Mann sitzt und die sich jetzt öffnet. Oh wie strahlt sie da! Und wie stolz blickt sie auf seine Hand, die noch schnell ein paar Notizen in die Hosentasche stopft. Schon hebt er sie sanft von der Leiter. Arm in Arm treten sie ans Fenster und wippen verliebt im Takt. Hören Sie denn die Musik gar nicht, alte Frau? Öffnen Sie nie das Fenster, wenn die Musiker vor Ihrem Haus aufspielen? Blicken Sie nie zu den Musikern hinab, wenn diese mit bittenden Augen zu Ihnen hinaufschauen? Haben Sie denn gar kein Mitleid mit den Familien dieser Musiker? Wissen Sie überhaupt, welch beschwerliches Dasein diese Musiker führen, und sind Sie ihnen etwa noch nie durch die Straßen gefolgt? Das ist ja alles gar nicht zu glauben, und jetzt raus mit Ihnen! Verschwinden Sie aus dieser Wohnung!

Er öffnete die Augen und sah zum Himmel empor. Draußen spielte, vor dem benachbarten Café, mit bekannter Munterkeit die Kapelle auf. Er griff nach der Fensterbank, um sich nach oben zu ziehen, und ließ sie mit einem Seufzer wieder los. Was waren das für tapfere Menschen, die dort unten musizierten. Aus widrigsten Bedingungen sich hochkämpfend, zogen sie selbst bei größter Hitze unermüdlich mit ihren schweren Instrumenten durch die Straßen, während er sich hier am Boden seinem Schicksal ergab. Warum schloss er sich ihnen nicht einfach an?

Aber würden sie ihn überhaupt aufnehmen? Würden sie seine Begleitung schätzen? Nur warum sollten sie allein seinetwegen ihre vertraute Route ändern? Das wäre seine einzige Bedingung. Dauernd würde er sonst irgendwelche Eltern der Schulfreunde seiner Kinder treffen und alle zwei Stunden käme er wieder an seinem Haus vorbei. Alle zwei Stunden würde er zu seinem Fenster hinaufsehen. Was macht denn euer Vater dort unten? Spielt er denn überhaupt ein Instrument? Vielleicht könnte er der Kapelle eine andere Route vorschlagen. Aber wo gab es schon so viele Cafés wie in seinem und dem benachbarten Block, und würde sich der Herr am Schifferklavier überhaupt noch auf eine neue Route einstellen können? Manchmal war er schon am frühen Nachmittag nicht mehr zugegen oder schwankte nur noch mühsam hinterher. Eigentlich fehlte dieser Kapelle jemand, der diesen Herrn stützte, ihn an eine Wand lehnte oder vorsichtig auf einem Pömpel absetzte. Das wäre doch eine Aufgabe, die er übernehmen könnte. Abends am Lagerfeuer würden sie zu den Sternen hinaufblicken und das kleine Geld in den Händen halten. Warum nur hatte er den Musikern bisher noch nie etwas Geld zugesteckt? Sie zogen jetzt doch schon den dritten Sommer um seinen und den benachbarten Block. Ihre Gesichter waren ihm fast so vertraut wie das Gesicht seiner Frau. Fünf oder zehn Euro, dass hätten sie sich doch längst verdient. Wenn er sie das nächste Mal vernahm, würde er gleich die Treppen hinuntersteigen. Er könnte auch sofort hinuntereilen. Wo war eigentlich sein Portemonnaie? Aber wäre das eine schöne Geste, wenn er ihnen jetzt noch gehetzt zehn Euro in den Geigenkasten werfen würde? Stattdessen wäre es doch viel eher angebracht, sie das nächste

Mal auf der Straße abzufangen und sie zu sich hinaufzubitten. Zwanzig Euro würde er ihnen für ein kurzes Ständchen geben und ihnen einen heißen Tee anbieten. Was gab es denn Vollkommeneres, als jemandem seine Gastfreundschaft zuteilwerden zu lassen. Auch ihn selbst würde diese Großzügigkeit sogleich verwandeln und wie bitter erst hatten diese Musiker sie nötig. Dankbar würden ihre vergoldeten Zähne ihm entgegenglänzen. Ihr habt doch bestimmt auch Hunger, Freunde. Selbstverständlich dürft ihr meinen Kühlschrank plündern. Ich bitte sogar darum.

Er kniff die Augen zu. Nicht nur unerhört, auch glorreich war es, mit welchem Gleichmut und natürlichem Stolz diese Menschen täglich der Herablassung begegneten, der sie vor jedem Café ausgesetzt waren. Kaum ein Gast, der, wenn er sie nahen sah, nicht an seine schmutzigen Schuhe, die zermatschten Insekten auf seiner Windschutzscheibe dachte. Kaum ein Gast, der sich nicht missmutig abwandte, wenn sie ihre Instrumente ansetzten. Kaum ein Gast, der auch nur ahnte, was es bedeutete, einer verbeulten Trompete und einer zersplitterten Geige einen betörenden Klang zu entlocken. Kaum ein Gast, der nicht einen abschätzigen Blick auf ihre zusammengewürfelte und zerschlissene Kleidung warf. Kaum ein Gast, der es wagte, einen Blick in ihre sonnengegerbten, ledernen Gesichter zu werfen. Kaum ein Gast, der dem prallen Leben, das aus diesen Gesichtern sprach, auch nur im Entferntesten standhalten konnte. Kaum ein Gast, dem von seinen Handys und seinen Computern, der Zeitung in seiner Hand, nicht schon jedes Mark aus den Knochen gesaugt war. Kaum ein Gast, der, wenn mit triumphalem

Trotz die Musik einsetzte, sich nicht erschrocken und fahl in sich zurückzog. Was musste es für ein erhebendes Gefühl für jeden Einzelnen aus der Kapelle sein, zu wissen, die Familie kann daheim ein schlichtes, aber beschwingtes Leben führen, weil er dort spielt, vor einem Publikum, das ihn nicht mehr als einen Putzlappen achtet, das seine Kunst verschmäht und ihm sogar die Würde absprechen will, weil es nicht versteht, dass nur die Würde selbst es ist, die es diesen Musikern erlaubt, das schale Geld, das ihnen so widerwillig und lieblos zugeschmissen wird, mit dieser Anmut aufzufangen. Ihm aber wäre es nicht nur eine Freude, ihm würde es eine Ehre sein, die Musiker zu bewirten. Bei ihm sollten sie sich wohlfühlen, mit dämmrigem Blick aufs Sofa gefläzt, die müden Glieder ausgestreckt. Hier, in dieser Wohnung, würde die Musiker bereits in zwei Stunden eine Oase erwarten, ein Ort, an dem sie sich gehen lassen konnten, ein Ort, an dem sie nicht pflichtschuldig in den Tag hineinzulachen hatten, und obendrein würde er ihnen dafür noch Geld geben. So viel Geld würde er ihnen geben, dass sie für einen oder zwei Tage, vielleicht sogar für eine Woche pausieren konnten, und sogar den Herrn am Schifferklavier, wenn der dann noch zugegen war, würde er fest in seine Arme schließen und ihnen allen würde er zuhören, seinen Blick aufmerksam von dem einen zum nächsten richten. Erzählt mir von euren Sorgen, Freunde. Ich kann das gut ertragen. Danach aber lasst uns bei einer Tasse heißen Tees wieder fröhlich sein. Ob ich auch einen Wein habe? Leider nein. Aber nehmt doch bitte die Nudelpäckchen mit. Eure wilden Frauen werden es euch danken. Kommt, Freunde, folgt mir in die Küche. Ein Glas Wasser ist bereits für jeden von uns kalt gestellt und ein paar

Sorgen plagen mich übrigens auch. Nicht, dass ihr denkt, ich habe euch eingeladen, um euch etwas vorzujammern. Im Gegenteil. Selbst ganzjährig unter freiem Himmel zu nächtigen würde mir nichts ausmachen. Es ist doch aber so, dass man Offenheit nur mit Offenheit vergelten kann. Uns allen ist das Leben ins Gesicht gefahren und trotzdem stehen wir mannhaft beieinander. Und wisst ihr, warum, Freunde? Weil wir Künstler sind. Ich bin ein Künstler genau wie ihr und deshalb empfinde ich auch gerade keinerlei Scheu. Kann einer von euch vielleicht jemanden für mich erdrosseln? Warum erhebt ihr euch denn schon, Freunde? Ihr wollt doch nicht gehen! Es ist ein Kinderspiel, die Frau fast hundert Jahre alt, und ihr habt auch nicht weit zu laufen. Warum antwortet ihr mir denn nicht, Freunde, und weiß wirklich keiner von euch, wer eigentlich für die Begräbniskosten zuständig ist, wenn jemand keine Angehörigen mehr hat? Der Nachmieter doch wohl nicht! Bitte, Freunde, bleibt doch noch. Mein Sohn und meine Tochter müssen gleich nach Hause kommen. Dann wollen wir singen und tanzen und lustig sein. Nehmt wenigstens das Geld, das ich euch da hingelegt habe. So begeistert, das verspreche ich euch, werden meine beiden Kleinen morgen in der Schule von euch erzählen, dass die Lehrerin ihnen eine Eins ins Klassenbuch einträgt. Nur lasst mich bitte jetzt nicht allein. Das dürft ihr mir und den Kindern nicht antun.

Er riss die Augen auf und starrte wieder in den Himmel. Draußen verstummte mit einer letzten Fanfare die Musik. Warum gründete er nicht selbst eine Kapelle und zog einfach davon, mit dem vorherigen Hausmeister zum Beispiel, ein Duett vollkommener Trostlosigkeit, das wahres Mitleid hervorriefe. Wer gab ihm eigentlich weiterhin das Recht, seine sinnentleerten Tage hier in dieser Wohnung zu verbringen, und hätte der Tag nicht ein leichtes, schnelles Ende, wenn er sich jetzt aufrappelte, um sich seitlich aus dem Fenster auf die Straße mitten zwischen die Musiker zu stürzen? Ein paar Leute eilten vielleicht neugierig herbei, aber schon würde alles weitergehen. Was hielt ihn denn hier noch? Wenn er seiner Frau nur um ein weniges so zur Last fiel wie sich selbst, wäre dieser Schritt doch für alle segensreich. »Die Kinder«, murmelte er und spürte seinen Atem flattern. Aber was sahen die Kinder? Einen immer müden, verzweifelten Vater, dessen Anwesenheit ihn nur noch mehr verblassen ließ. War es da nicht besser zu sagen, dass Vater in den Wolken, zwischen Himmel und Erde, als emsiger Musikant arbeitete? Aber er spielte ja nicht mal ein Instrument und die Kinder waren nicht mehr klein und naiv. Vater ist emporgestiegen. Er hat jetzt sein Zimmer im Himmel und sitzt an einem leuchtenden Tisch. Euer Vater, Kinder, ist ein gleißender Nebel. Geduldig hockt er in einer Wolke und wartet auf das Flugzeug des amerikanischen Investors, um es an den nächsten Felsen zu geleiten. Euer Vater, Kinder, ist ein Schurke, aber einer, der von den folgenden Generationen hell besungen wird, der die Armen zu sich geladen und die Reichen verprügelt hat, der mit seiner Nagelschere durch ferne Länder zog, um in Schlangen und Krokodilen nach Vermissten zu suchen. Ein Mensch, Kinder, war euer Vater, der nichts so sehr fürchtete wie kaltes Wasser, der abends schon die Schulbrote für den nächsten Tag bereitete, ein Mensch, Kinder, der nachts meistens noch lange traurig und allein in seinem Sessel saß, ein Mensch, Kinder, der, wenn er sah, dass eure Schnürsenkel sich gelöst hatten, am liebsten die Feuerwehr zu Hilfe gerufen hätte, ein Mensch, Kinder, der am Ende die meiste Zeit am Boden seines Arbeitszimmers verbrachte und von Wänden träumte, die es auf dieser Welt nicht gab.

Er wandte den Kopf um und sah zu seinem Schreibtisch hinauf. Warum war ausgerechnet ihm so gar nichts Schurkisches ins Leben mitgegeben worden? Ein Schurke war doch ein Mensch, der sich tatkräftig in jeder Situation zurechtfand. Ein Schurke hätte doch schon längst zum Stift gegriffen und die Frage, ob er lieber in karierte oder in linierte Notizbücher schrieb, hätte einen Schurken niemals über Wochen lahmlegen können.

Er schüttelte den Kopf. Nicht einmal der müde Abglanz eines Schurken war er. Alle Entscheidungen gerieten zu einer einzigen Qual. Keine Empfindung seit Wochen, die ihn auch nur für eine Sekunde aufgeheitert hätte, und die Tage begannen, ohne jede Schurkerei, so verloren wie sie endeten. Keine Frische, keine Frechheit, immer nur dieses dumpfe Vor-sich-hin-Starren und diese nagende Angst. Der Magen ein Stein. Die Brust zu eng und immer voller Schmerz. Arme und Beine weich und schwach, nah der Befehlsverweigerung. Der Kopf eine stetig herabsinkende Freudlosigkeit. Warum half ihm bloß niemand? Er trug doch seinen Zustand offen wie ein Abbild vor sich her. Zum Beispiel könnte doch seine Frau, bevor sie zur Arbeit ging, täglich eine Liste anfertigen mit den Dingen, die für ihn im Haushalt zu tun waren. Es war doch alles besser, als sich hier im Arbeitszimmer zu zermürben. Heute, mein Mann, die Böden wischen und die Ränder mit der Zunge nachlecken, danach den Hund bürsten und die fehlenden Haare zählen, später die Henkel der Tassen geschickt abbrechen, vertauschen und neu ankleben und natürlich noch eine Flasche Wein für den Abend öffnen.

Er sah auf seine Hände. Warum nur stritten sie sich in der letzten Zeit immer so heftig? Es gab doch gar kein Problem zwischen ihnen und die Kinder wären in ein paar Jahren schon so groß, dass sie argwöhnisch auf sie hinabschauen würden. Das einzige Problem, das zwischen ihnen bestand, war doch, dass seine Frau ihre Tage erfüllt verbrachte, seine Tage hingegen unerfüllt dahingingen. Wenn er aber zukünftig und vielleicht auch dank ihrer Liste seine Tage ebenfalls wieder erfüllt verbringen würde, mit welchem Reichtum würden sie einander begegnen. Wie verwandelt würde er abends, wenn seine Frau von der Arbeit heimkäme, zu ihr aufblicken. Was duftet denn hier so gut, mein lieber Mann? Das wird doch nicht etwa eine Kartoffelcremesuppe sein? Oh du Schatz! Und hier im Flur ist alles gefegt, gewischt und geputzt. So viel Mühe. Dann geht's jetzt aber auch marsch ins Bett, mein kleiner Mann, oder willst du noch ein bisschen an deinem Brief arbeiten?

Er sah zu seinem Schreibtisch und stöhnte auf. Was sollte er dem amerikanischen Investor bloß schreiben? Interessierte es den amerikanischen Investor denn überhaupt, dass er sich wegen des Wohnungsproblems mit seiner Frau stritt, und was ging es den amerikanischen Investor schon an, dass er sich derzeit nicht so auf die Welt seiner Kinder einlassen konnte, wie er es normalerweise von sich verlangte? Wahrscheinlich war es in den Häusern des amerikanischen Investors sogar an der Tagesordnung, dass die Bewohner Mordphantasien gegen ihre Nachbarn hegten. Vielleicht wetzte im Nachbarhaus die fast hundert

Jahre alte Frau seit Wochen ein Schlachtermesser, um ihm und seiner Familie einen Besuch abzustatten, und natürlich waren die freundlichen Reden der Nachbarn im Treppenhaus nichts als Heuchelei. Ihre Kinder werden ja auch immer größer und was Ihre Frau in der letzten Zeit für eine hübsche Frisur trägt. Wie aufgeblüht sieht sie aus und wie geht es eigentlich mit Ihrer Wohnung voran? Hat sich denn da etwas Neues getan und woran arbeiten Sie übrigens gerade? Sitzen Sie an einem Buch? Kennen Sie die Lebenserinnerungen von Helmut Schmidt? Das ist ein Buch, das sowohl meinen Mann wie auch mich sehr angeregt hat. Wissen Sie, wir sprechen oft über Sie und Ihre Familie. Es wäre wirklich zu schade, wenn Sie ausziehen müssten. Wozu hat man sich denn die ganzen letzten Jahre aneinander gewöhnt?

Er ballte die Hände zu Fäusten. Was hatte den amerikanischen Investor nur veranlasst, sich derart in ihr Leben hineinzuzwängen? Besaß er denn selbst keine Freunde? Und welcher Eindruck ergab sich wohl von der Welt, wenn man immer nur vom Flugzeug auf sie hinabschaute? Was war es denn, das dem amerikanischen Investor hier unten so sehr missfiel, dass er sich dort oben wie in einer Festung verbarrikadierte? War es die Furcht, die alle, denen er sich auf Erden näherte, sogleich vor ihm erstarren ließ, oder war es die Unterwürfigkeit, die ihn derart anödete, dass er die Einsamkeit seines Flugzeuges bevorzugte? Ich hoffe, unsere hiesige Schokolade genügt Ihren Ansprüchen, Mr Investor. Darf ich Ihnen die Tasche abnehmen, Mr Investor? Meine Frau hat Ihnen ein paar Handschuhe gehäkelt, Mr Investor, aber da ich jetzt Ihre grazilen Finger sehe, scheinen es mir doch recht plumpe Dinger zu sein.

Oder waren es die vielen Klagen, die ihm, sobald er irgendwo landete, entgegenschollen? Waren es die Scharen entmieteter Menschen, die, einer wilden, verkommenen Horde gleich, mit Forken und Eisenstangen bewaffnet, auf ihn zustürmten, sobald er nur irgendwo seinen Fuß aus dem Flugzeug setzte? Oder war es allein die Angst vor dem einen wie vor dem anderen, die den amerikanischen Investor bewog, dort oben am Himmel zu verharren? War es vielleicht sogar ein schlechtes Gewissen? Welche Signale empfing der amerikanische Investor in seinem Flugzeug von der Erde und war es nicht sogar möglich, dass ihn dort oben bereits mehrmals der Wunsch ergriffen hatte, von einem freundlichen Menschen auf die Erde hinuntergebeten zu werden, um einen entspannten, fast gewöhnlichen Tag zu verleben? Vielleicht war dieser Brief gar kein allzu großes Unterfangen. Vielleicht waren es nur ein paar ungezwungene Worte, mit denen er, fast flanierend, auf den amerikanischen Investor zuzugehen hatte. Vielleicht genügte es, eine schlichte Einladung auszusprechen, zu einem Spaziergang beispielsweise. Vielleicht war so ein Spaziergang genau das, wonach sich der amerikanische Investor dort oben in seinem Flugzeug schon seit langem sehnte. Durch die Stadt könnte er ihn führen oder besser noch durch seinen Bezirk. Die Schule der Kinder könnte er ihm zeigen, den Park oder auch die Geschäfte, in denen er täglich einkaufte. Vielleicht hätte sogar der vorherige Hausmeister Lust, sich ihnen anzuschließen. Zu dritt könnten sie einen ganzen Tag lang der Kapelle folgen. Vielleicht war es ein solcher Tag, mit zwei ihm zugewandten Menschen, von dem der amerikanische Investor dort oben in seinem Flugzeug träumte.

Mit der Hand fuhr er sich über die Stirn. Allerdings müsste er an diesem Tag, allein der Geselligkeit wegen, wieder etwas trinken. Zumindest durfte er nicht riskieren, ausgerechnet an diesem Tag spröde und verstockt zu wirken. Wahrscheinlich war es sogar äußerst sinnvoll, wenn er bereits am Abend davor eine Kleinigkeit trank, damit ihn nicht gleich der erste Whisky umwarf, den der amerikanische Investor in einer dieser schicken, neuen Bars, die er noch nie betreten hatte, die aber in seinem Block derzeit wie Pilze aus dem Boden schossen, spendierte. Ganz gelöst würden sie miteinander umgehen, sich vielleicht sogar auf den letzten Metern unterhaken und das Wohnungsproblem würde er, wenn überhaupt nur nebenbei und mit Humor, wie unter Freunden ansprechen. Auf keinen Fall durfte er in sich gekauert und unlustig vor sich hin drucksend nur auf den Moment warten, dieses Problem endlich vortragen zu können. Freunde mit solch kümmerlicher Absicht waren dem amerikanischen Investor vermutlich nur zu gut bekannt. Es war ja ohnehin davon auszugehen, dass der amerikanische Investor, allein um sich selbst vor einer Enttäuschung zu schützen, mit einem gewissen Misstrauen in den Tag hineingehen würde. Noch beim ersten Whisky würde der amerikanische Investor ihn von der Seite her scharf beäugen. Deswegen galt es, schnell einen zweiten Whisky zu bestellen. Wie es sich in einem Flugzeug lebte, würde er ihn fragen, ob er gerade unter einem Jetlag leide und ob es wirklich von überall aus möglich sei, mit zu Hause zu telefonieren. Je privater das Gespräch sich gestaltete, desto schneller würde der amerikanische Investor auch sein Misstrauen ablegen. Am Anfang, da durfte er sich auch jetzt nichts vormachen, war es natürlich geraten, vorsichtig zu sein und den scharfen Blick des amerikanischen Investors geduldig zu ertragen. Spätestens aber, wenn der amerikanische Investor entspannt die Jacke abgelegt und auch die Ärmel seines Hemdes hochgekrempelt hätte, würde sich dieses Verhältnis drehen. Dann würde er dem amerikanischen Investor fest in die Augen sehen, jedoch nicht, um jetzt etwa das Problem vorzubringen, sondern nur um die aufgekommene Vertrautheit noch zu steigern, eine Vertrautheit von so herzlicher und uneingeschränkter Offenheit, wie nur Seelenverwandte oder sehr alte Freundschaften sie in unsterblichen Augenblicken einander entgegenbringen. Are you maybe homosexual, Mr Investor? Da hätte er jetzt allerdings einen Punkt berührt, der auch den vorherigen Hausmeister gebannt auflauschen lassen würde. Auch beim vorherigen Hausmeister war er sich hinsichtlich seiner Orientierung alles andere als sicher. Are you maybe homosexual, Mr Investor, and you don't know it by now? Vielleicht würden sich ja der amerikanische Investor und der vorherige Hausmeister viel besser verstehen, als er es jemals hätte voraussehen können, und welches andere Ziel sollte er denn verfolgen, als dass der amerikanische Investor einen rasanten und ungewöhnlichen Tag mit ihnen verbrachte, einen unvergesslichen Besuch erlebte? Für alle Zeiten würde der amerikanische Investor den Bezirk und das Haus, eventuell auch den vorherigen Hausmeister, auf jeden Fall aber ihn und seine Familie in freundschaftlicher Erinnerung halten.

Noch fester ballte er die Fäuste zusammen. Wenn es ihm tatsächlich gelänge, den amerikanischen Investor zu diesem Besuch zu bewegen, dann wäre schon alles gewonnen. Zwar hatten sie in der letzten Zeit nicht gerade häufig Gäste gehabt, doch war die Rolle des Gastgebers keine Rolle, die man verlernen konnte, und als Gastgeber hatte er noch nie enttäuscht. Nie war es vorgekommen, dass ein Gast ihre Wohnung fluchtartig oder auch nur voreilig verlassen hatte. Oft fragte er sich sogar, wenn er sich einem Gast gegenübersah, warum es ihm nicht gelang, zu sich selbst so gut und großherzig zu sein wie zu dem Menschen, den er dort gerade, während er ihn mit einer anspruchsvollen Rede unterhielt, fürstlich bewirtete. Dabei lag wahrscheinlich darin das Geheimnis, weshalb er so ein guter Gastgeber war. Kaum in den Flur getreten, half er den Gästen bereits aus ihren Sorgen und Ängsten wie aus einem Mantel heraus, einem Mantel, den sie später, beim fröhlichen Abschied, nur zu gern vergaßen, weil sie ihn bei ihm in besten Händen wussten. Kein Wunder, dass bisher noch kein Gast, der einmal tief in seinem Sofa versunken war, sich freiwillig wieder erheben wollte, und warum sollte es dem amerikanischen Investor anders ergehen? Warum sollte der amerikanische Investor einen Besuch bei ihm weniger genießen als irgendjemand sonst? Wer konnte den amerikanischen Investor besser von seinen Sünden lossprechen als er? Gerade deshalb war er doch ein so guter Gastgeber, weil tief in seinem Wesen verankert etwas Selbstloses und Dienendes waltete, ganz so, als ob er das Glück lieber anderen überließe, als ob es ihm genügte, sich daran zu erfreuen, wie andere dieses Glück vor seinen Augen pflückten, während sein Blick bereits wieder auf die Not fiel, die am gleichen Ast faulig moderte und die ebenfalls gepflückt werden musste, bevor sie jemandem unerwartet auf den Kopf fiel. Wie erlöst würde der amerikanische Investor nach einem Besuch bei ihm in sein Flugzeug steigen, während er, wiederum betrübt, am Boden seines Arbeitszimmers sitzen würde. Schon jetzt litt er doch bereits für seine Frau und seine Kinder mit. Nur deshalb glitten sie alle drei noch so unbeschwert durch die Tage, blickten am Abend arglos zu ihm hinauf oder hatten noch die Kraft, auf ein Schwätzchen die Freundin zu empfangen. Vielleicht war es diese Selbstlosigkeit, von der er den amerikanischen Investor in dem Brief überzeugen musste. Dabei müsste der Brief dennoch ganz leicht daherkommen. Zum Beispiel könnte er damit beginnen, dass an einem herrlichen, wolkenlosen Tag plötzlich Musik in seinem Zimmer erklungen sei. Von der anhaltenden Hitze und den schweren Instrumenten könnte er schreiben. Von Kindern, die mit staunenden Augen zum Himmel hinaufsehen.

Er sah zu seinem Schreibtisch hin. Hatte er nicht kürzlich erst einen Artikel über die in Berlin musizierenden Roma und Sinti gelesen? Er hatte ihn sich doch sogar ausgeschnitten. Nur, wo hatte er den Artikel abgelegt und was hatte in dem Artikel gestanden?

Er ließ den Kopf in die offenen Hände sinken. Sehr berührt hatte ihn der Artikel. Einen tiefen Eindruck hatte der Artikel in ihm hinterlassen und an manchen Tagen hatte er ihn immer wieder, sobald die Musik von der Straße her in sein Zimmer geweht war, in sich aufgerufen. In dem Artikel hatte er gelesen, dass fast alle Roma und Sinti, die in Berlin bettelten oder wie die Kapelle auf der Straße musizierten, aus einem völlig verdreckten und verwahrlosten Vorort einer slowakischen Stadt kamen, die, wie er sich jetzt erinnerte, mit P begann. Nicht nur, was er aus dem Artikel über die katastrophalen Lebensbedingungen in diesem Ghetto erfahren hatte, hatte ihn empört, sondern mindestens ebenso, dass die Menschen, die täglich etwa sieben Mal vor seinem Fenster aufspielten, diese Reise keineswegs freiwillig angetreten hatten. Sie alle waren, so hieß es in dem Artikel, durch Schulden, die sie bei den wenigen Wohlhabenden ihresgleichen aufnehmen mussten, um in diesem Vorort, in dem es weder Arbeit noch Perspektive gab, überleben zu können, in eine Art Leibeigenschaft geraten, und als Leibeigene musizierten sie jetzt vor den Cafés in seinem und dem benachbarten Block, während ihre Gläubiger, inmitten des Elends jenes Vorortes, einem feisten Luxus frönten.

Er hob den Kopf und blickte wieder zum Himmel hinauf. Warum schickte er dem amerikanischen Investor nicht einfach diesen Artikel? Für den amerikanischen Investor wäre es doch ein Leichtes, die Musiker und ihre Familien auszulösen. Natürlich würde er dem Artikel ein paar begleitende Zeilen hinzufügen. Allerdings war der Artikel, wenn er sich richtig erinnerte, ziemlich lang gewesen und ohne jegliche Eleganz verfasst. Aber wozu sonst besaß er dieses Arbeitszimmer? Für ihn bedeutete es doch nicht mehr als eine Fingerübung, den Artikel in eigenen Worten handschriftlich zusammenzufassen. Als ein wahres Kleinod würde er ihn dann in den Brief einbauen. Nicht nur auf die armen Musiker vor seinem Haus, sondern auf diesen ganzen menschenunwürdigen Vorort würde er den amerikanischen Investor aufmerksam machen. In freundlichen, aber entschiedenen Worten würde er den amerikanischen Investor darauf hinweisen, dass er sich dieses Vorortes anzunehmen habe.

Wieder richtete er seinen Blick zum Schreibtisch. An finanziellen Mitteln konnte es dem amerikanischen Investor nicht fehlen. Im Internet hatte er in einem Interview mit dem amerikanischen Investor gelesen, dass unter seiner Regie in den verschiedensten asiatischen Ländern gerade von den hochkarätigsten Architekten entworfene, bereits vor ihrer Fertigstellung sagenumwobene Wolkenkratzer entstünden. Das, was von einem bleibt, hatte der amerikanische Investor in dem gleichen Interview gesagt, ist nicht das, was man erwirbt, sondern das, was man erschafft. Sein immenses Vermögen, durch Finanzspekulationen aufgebaut, wie der amerikanische Investor in diesem Interview freimütig bekannte, verdanke er einem fast herkömmlichen Stuhl, einem Erbstück, das er sogleich verkauft habe. Der Erlös aus diesem Verkauf, den er sofort wieder investiert habe, sei der Grundstock seines Reichtums. Das Geheimnis seines Erfolges, hatte er in dem Interview des amerikanischen Investors weiter gelesen, sei, dass ihn Eigentum gar nicht interessiere. Er fühle sich sowieso nur in seinem Flugzeug wohl. Allein die Vorstellung eines festen Wohnsitzes, des immer gleichen Schlafzimmers, der Haustür, durch die man jeden Morgen durch den Garten auf die Straße tritt, löse in ihm ein lähmendes Gefühl aus.

Er wandte seinen Kopf zum schlafenden Hund um, zum Bett, zum Schrank, der ein wenig offen stand. Dann schaute er wieder zum Himmel hinauf. Seine gewaltigen Vorhaben waren es, die dem amerikanischen Investor seine Kraft verliehen. Nicht dankbar wollte er betrachtet werden, sondern ehrfurchtsvoll und staunend. Was er verlangte, war Begeisterung. Die Begeisterung für seine gewaltigen Vorhaben war das Einzige, das er zu teilen bereit war. Nur wenn er den amerikanischen Investor gleichsam für ein neues Vorhaben begeisterte, konnte er sich an ihn wenden.

Er sah auf seine Hände hinab, die schlapp am Boden auflagen. Welches begeisterungswürdige und herausfordernde Vorhaben konnte er dem amerikanischen Investor schon unterbreiten? Mehrere Monate oder Jahre einsam auf einem Berg brauchte er in seinem jetzigen Zustand, bis ihm ein Vorhaben in den Sinn käme, an dem sich der amerikanische Investor messen lassen wollte. Warum fragte er den amerikanischen Investor nicht, ob er ihn auf diesen Berg begleiten wolle? Vielleicht würden sie, nach einer beschwerlichen Besteigung, so lange auf einem stillen Plateau in sich versinken, bis sie einander nahegekommen waren.

Er schloss die Augen. Der amerikanische Investor war kein Träumer. Der amerikanische Investor hatte sich nicht umsonst in die Luft erhoben. Nur von dort oben sah er die Welt, wie er sie sehen wollte. Kein Elend, das sich an ihn herandrängte, kein Kind, das etwas forderte, kein Hundehaufen, in den sein Fuß geraten konnte, keine Musik, die er nicht zu hören bereit war. Stattdessen gleichmäßig das Motorengeräusch und hin und wieder ein Blick zu seinem Diener, um ihn heranzuwinken. Siehst du das Licht dort unten, my friend, und fährt es dir genauso ins Herz wie mir? Mein Werk. Mein Beitrag! Ich könnte weinen vor Glück! Was bin ich für eine holde Seele! Nur um Schönheit geht es mir. Dieser Blick, my friend, den ich auch dir immer wieder schenke, ist der Blick eines Malers, der noch ein paar Glanzpunkte setzen will. Nur deshalb ziehen wir so unermüdlich dahin. Nun sieh doch noch mal hinab! Dieses Licht, my friend, dort unten gigantisch, in einen riesigen, hässlichen Bau gefasst, wie mild und süß erscheint es uns hier. Und nun lass uns schnell weiterfliegen, denn mich erwarten wichtigere Vorhaben. Ein Licht werde ich erschaffen, my friend, ein Licht so hell, dass es durch die finsterste Wolkendecke dringt, ein Licht, my friend, das uns beide für alle Zeit erstrahlen lässt.

Er riss die Augen auf, griff nach der Fensterbank und zog sich mit einem Ruck hinauf. »Natürlich!«, entfuhr es ihm auf fast schrille Weise, und während der Hund, der für einen Moment wie erstarrt zu ihm hinaufgesehen hatte, seinen Kopf nun wieder sinken ließ, begann er mit schnellen Schritten im Raum auf und ab zu gehen. Ja, dachte er, das war es. Wie hatte er bisher nur so falsch denken können. Der amerikanische Investor musste nicht zu ihm kommen, er musste zum amerikanischen Investor hinauf. Mit einer List würde er das Flugzeug des amerikanischen Investors betreten, einer List von solcher Tücke, dass der amerikanische Investor sie erst durchschaute, wenn er sich längst wieder mit seinem Fallschirm verabschiedet hätte. Er durfte nämlich dem amerikanischen Investor gar keinen Brief schreiben. Der amerikanische Investor musste diesen Brief selbst schreiben. Seine Aufgabe bestand lediglich darin, den amerikanischen Investor von dem Vorhaben dieses Briefes zu überzeugen, von dem Wert, der Größe und der Schönheit dieses Vorhabens. Er musste ihn davon überzeugen, dass dieser Brief all seine bisherigen Wolkenkratzer wie Streichholzschachteln aussehen lassen würde, und zuletzt, wenn der Mut des amerikanischen Investors schon auf einen Tiefpunkt gesunken wäre, würde er verkünden, dass nur er, der amerikanische Investor selbst, diesen Brief schreiben könne. Wer außer Ihnen hätte denn sonst die Kraft für diesen Brief, Mr Investor? Es soll doch ein Brief an die Welt werden. Ein Brief, den Jung und Alt vor sich hin murmeln, ein Brief, den Verliebte mit der Zunge weitergeben. Nehmen Sie Ihren Mut zusammen und greifen Sie zum Stift, Mr Investor. Ein paar leere Blätter habe ich schon bereitgelegt und vielleicht ist es Ihnen dienlich, wenn ich Ihnen in die ersten Sätze hineinhelfe.

Er rieb sich die Hände. Das war jetzt der Moment. Sobald der amerikanische Investor den Stift das erste Mal aufsetzte, würde er seine Stimme erheben, und in einem leisen, betörenden Singsang, der den amerikanischen Investor schon von der ersten Zeile an glauben ließ, es seien seine eigenen Gedanken, würde er all die Worte finden, die er schon immer schreiben wollte. Erst wenn auch das letzte Blatt gefüllt war, würde er verstummen, und dann würde er den Brief unter der Hand des erschöpften Investors hervorklauben, und den Fallschirm bereits auf dem Rücken, würde er noch einmal an ihn herantreten. Mr Investor, würde er sagen, Sie wissen doch, was Sie geschrieben haben. Hier steht zum Beispiel, dass allen Ihren Mietern bei stetig sinkenden Kosten das Recht auf einen Balkon verbürgt ist, und an dieser Stelle, Mr Investor, erklären Sie sich bereit, einen Großteil Ihrer Wolkenkratzer in Behindertenwerkstätten umzuwandeln. Und tausend andere Dinge noch. Tausend andere Dinge, würde er jetzt rufen, während er sich schon dem Ausgang näherte, die Ihnen für den Rest Ihres Lebens den Schlaf rauben werden, und den Brief in der Hand, rechtsgültig, mit Unterschrift des Investors, würde er mit seinem Fallschirm aus dem Flugzeug springen, und das Letzte, was er vom amerikanischen Investor zu sehen bekäme, wäre ein erbleichtes Gesicht, das ihm aus dem kleinen Fenster nachschaute.

Mit einem Blick zu seinem Schreibtisch hin hielt er inne und warf sich rücklings auf sein Bett. Einen Popanz würde er aus dem amerikanischen Investor machen, ihn für immer der Lächerlichkeit preisgeben. Wer war denn dieser amerikanische Investor schon? Ein König in einer Glühbirne, der sich nicht nur der Welt, sondern auch jedem Glück und jeder Anstrengung dort, über den Wolken, entzog. Wo nahm der amerikanische Investor in seinem Flugzeug überhaupt den Widerstand her, der doch erst jede Idee aufrichtete. Vermutlich hatte er sich doch nur deshalb in die Lüfte geflüchtet, weil er gar keine Idee hatte, weil es ihm um nichts anderes ging, als den ganzen Tag über, aus seinem bequemen Sitz heraus, zu seinem Diener hin herumzumonologisieren. Komm mal her, my friend, aber lass den Kakao nicht zu heiß werden. Ich kann ihn nicht trinken, wenn er zu heiß ist, und ich kann ihn nicht trinken, wenn er zu kalt ist. Beides gefährdet meine Visionen. Du glaubst doch an meine Visionen, my friend. Warum drosselt dieser Idiot von Flugkapitän die Geschwindigkeit nicht? Sieh genau hier hinab. Eine Schwimmhalle, eine Landebahn, ein Feuerwehrhäuschen, dazwischen ein glitzerndes Hotel und vor dem Hotel ein Park, mit Blumenbeeten und einer Fabrik in der Mitte, das alles werde ich genau hier unten erschaffen. Da staunst du, my friend, oder? Du staunst, weil es exakt der Ort ist, den du dir seit langem ersehnst. Wie glücklich du dort wärst! Eine Frau würdest du an deine Hand nehmen, sie in eines der kleinen Häuser führen und ein Kind nach dem anderen zeugen. Abends kommst du aus der Fabrik und nachts, wenn alle anderen schlafen, stehst du am Fenster, und während du zu den Sternen hinaufblickst, durchströmt dich die Dankbarkeit, die dich auch jetzt gerade durchströmt. Du dankst dafür, dass du mit mir in diesem Flugzeug reist und dass du mir den Kakao bringen darfst. Du dankst, wenn du in deiner Kochnische mein Steak brätst, wenn du döst oder wenn du nachts auf deiner Pritsche deinen Geigenkasten streichelst. Mich aber langweilt deine Dankbarkeit nur. Sie langweilt mich, wenn ich erwache, und sie langweilt mich, bevor ich einschlafe. Deine Dankbarkeit, my friend, interessiert mich einen Scheißdreck, denn ich bin ein Künstler, ein Nomade aus der Wüste Nevadas. Einst hatte ich nur einen fast herkömmlichen Stuhl und ein Stückchen weiße Schokolade in einer alten Zigarrenschachtel und jetzt bin ich Millionär und Milliardär und wo ich hinsehe, werden Wälder gerodet und Felder bestellt und Häuser wachsen so schnell aus dem Erdboden, dass so mancher sich schon, nach einem kurzen Nickerchen, verwundert die Augen gerieben hat. Du aber bringst es nicht einmal fertig, mir einen anständigen Kakao zuzubereiten, ohne ihn mit deinen beschissenen, rührseligen Tränen zu versalzen. Du bist nicht einmal die Rede wert, die ich an dich richte, und nun nimm mir endlich dieses ekelhafte Gesöff wieder ab und gib mir ein Stückchen richtige Schokolade, denn ich bin erschöpft. Du kannst dir gar nicht vorstellen, wie dumpf es sich anfühlt, in welchem Maße es ernüchtert, dir jeden Tag von neuem wieder dasselbe sagen zu müssen. Du bist ein Mensch ohne jede Begeisterung, eine einzige, ständig in sich fallende Müdigkeit, lebendig nur, wenn du flach atmend aus kürzester Entfernung auf eine Wand starrst. Deine eigene Stimme lässt dich wie ein Vogelschwarm aufschrecken. Nun sag doch endlich was! Aber ich will gar nicht hören, was du sagst. Ich will nur, dass du sofort dieses

Stück Schokolade, das ich so liebe, aus diesem Papier herauswickelst, und dann will ich, dass du wieder in deiner Kochnische verschwindest, denn es ist der Fluch meines Lebens, dass ich ausgerechnet mit dir Tag und Nacht, über Wochen, Monate, Jahre und Jahrzehnte in diesem verdammten Flugzeug verbringen muss. Sprich endlich, my friend, ist denn schon wieder kein Brief für mich eingetroffen? Bist du sicher, my friend, dass du auch wirklich gewissenhaft in beiden Briefkästen nachgeschaut hast? Dir ist doch nicht entgangen, dass wir zwei Briefkästen haben? Ich habe doch wohlweislich, war es in Australien, Afrika oder Asien, unter dem anderen Flügel einen zweiten Briefkasten anbringen lassen, mit dem gleichen bescheidenen, flatternden Namensschildchen. Guckst du denn auch immer, ob beide Namensschildchen schon von weitem gut sichtbar sind? Vielleicht hat die Nässe der Wolken sie verschmiert oder jemand hat versucht, sie abzukratzen. So ein Brief kann sich auch im Kasten verfangen, my friend. Ganz tief musst du die Hand in die Kästen hineinführen. Es ist doch eigentlich gar nicht möglich, dass dieser Brief noch immer nicht eingetroffen ist! Von heute an lautet mein Befehl, my friend, dass du beide Kästen in jeder neuen Zeitzone gründlich untersuchst. Oder ist dieser Brief bereits eingetroffen und du verbirgst ihn vor mir? Hast du diesen Brief vielleicht in deinem Geigenkasten versteckt, my friend, oder gar verschluckt? Was fürchtest du diesen Brief so sehr? Befürchtest du, dass es für dich, wenn ich diesen Brief erst einmal in den Händen halte, keinen Platz mehr in meinem Flugzeug geben wird? Oder fürchtest du dich vor der Kraft dieser Worte und der Begeisterung, die sie in mir entfachen werden? Sieh mich an, my friend! Du fürchtest dich vor der Zukunft, dem freien Fall und dem Fortschritt, der dich zermalmen wird. Du fürchtest dich vor dem Briefkasten unter dem linken Flügel, genauso wie du dich vor dem Briefkasten unter dem rechten Flügel fürchtest. Am meisten aber fürchtest du dich davor, dass dort unten bereits ein neuer Diener auf mich wartet, ein Mensch, der schon seit Wochen sehnsuchtsvoll in den Himmel blickt und vor Tatkraft glüht. Oh wie wünschte ich, my friend, ich könnte seinen Brief endlich in den Händen halten, aber ich brauche Geduld. Ich brauche Geduld mit ihm und ich brauche Geduld mit der Stadt, in der er lebt, denn sie ist groß und leer und die Menschen schleichen grau und vergreist durch die öden Straßen. Niemand, der grüßt, und niemand, der lächelt. Niemand, der einem anderen einen aufmunternden Blick schenken würde. Kein Erbarmen gibt es in dieser Stadt. Nicht einmal mit einer alten Frau. Fast sagenhafte hundert Jahre zählt sie jetzt. Seit Ewigkeiten hat sie keinen Besuch mehr empfangen, kein Verwandter, der mal kurz und fröhlich hereinschneit, kein Nachbar, der einfach mal klopft, kein Hausmeister, der nach dem Rechten sieht. Wie vergessen lebt sie hinter ihren ergrauten Gardinen, und der Einzige, der sich ihrer in Zukunft annehmen will, ist der Mann, von dem ich dir jetzt erzählen werde. Er lebt nur ein paar Schritte von dieser Wohnung entfernt im Nachbarhaus. Gerade liegt er auf seinem Bett, starrt an die Decke und versucht eine Ordnung in seine Gedanken zu bringen. Aber weshalb zögert er noch? Warum springt er nicht auf und eilt an den Schreibtisch? Vertraut er seinen Worten nicht? Sag mir doch endlich, was mit ihm los ist, my friend! Seit Wochen warte ich vergeblich auf seinen

Brief. Ich kann an nichts anderes mehr denken. Morgens, die Augen habe ich noch geschlossen, blitzt erst der eine, dann der andere Briefkasten vor mir auf. Warum schreibt er mir nicht? Nur deshalb unterziehe ich ihn doch dieser besonderen Prüfung, damit ich endlich ein paar Zeilen von ihm in der Hand halten kann. Die Küche der Wohnung, in der er lebt, ist so baufällig, dass er sie kaum zu betreten wagt, und wenn er für wenige Minuten in die Badewanne steigt, lässt er neuerdings immer seine Unterhose an, weil er fürchtet, sonst nackt, samt Wanne, in das untere Stockwerk zu stürzen. Was soll ich denn sonst noch tun, my friend? Sag es mir bitte! Es kann doch nicht sein, dass dies alles noch immer nicht Grund genug ist, endlich zum Stift zu greifen. Was würde ich darum geben, wenn er mich wenigstens für eine Sekunde hier oben am Himmel erblicken könnte, einen erwartungsfrohen Menschen, der ihm in diesem Moment zuruft: Steh auf und fang einfach an. Du wirst schon in die Sätze hineinfinden. Vielleicht genügt ein einziges Wort. Mich zum Beispiel würde ein einziges Wort schon beglücken. Versieh es mit einer Briefmarke und schick es zu uns hinauf. Selbst mein Diener, der gerade vor mir steht, ist so anspruchslos, dass ihn ein einziges Wort schon beleben würde. Wir haben doch nur dich, mein Freund. Einsam ziehen wir über der Welt dahin. Keine Frau, die uns abends noch in den Arm nimmt, keine Kinder, die uns morgens mit ihrer Munterkeit erfreuen. Immer sehen wir nur auf die Wolken hinab. Das Flugzeug ist unser einziger Besitz, und natürlich noch der Geigenkasten meines Dieners. Tagsüber, in seiner Kochnische, beugt er sich immer wieder zu dem Kasten hinab, um ihn mit seinen Lippen zu berühren, und nachts, nachdem er mir die letzte Tafel Schokolade gebracht hat, nimmt er den Geigenkasten mit auf seine Pritsche und drückt ihn dort fest an seine Brust. Sein Vater ist in diesem Kasten und sein Großvater und neben seinem Großvater haust sein Urgroßvater und auch dessen Vater stimmt schon wieder seine Geige und da jetzt einer von ihnen, mit einem Blick zu den anderen, mit dem Kopf nickt, heben sie ihre Instrumente zum Hals. So spielen sie die ganze Nacht und rauben mir den Schlaf. Morgens, wenn mein Diener von der Pritsche steigt und mir die erste Tafel Schokolade bringt, trägt er noch immer glückselig dieses Lächeln der Nacht in seinem Gesicht, ein uraltes, runzliges und totes Lächeln, das ich ihm am liebsten herausmeißeln würde, das mir so unerträglich ist, dass ich mich mit aller Gewalt zwingen muss, nicht aus meinem Sitz hervorzuschnellen, und erst wenn ich dann an dich denke, an deinen Brief und deine Kinder, wird mir langsam wieder wohl, und da ich nun, während ich meinen Diener fest ins Auge fasse, von dir zu sprechen beginne, fühle ich, wie der Druck in meiner Brust langsam nachlässt. Er hat einen Sohn, erzähle ich, einen Prachtkerl, der, wenn er die Treppen hinaufstürmt, immer zwei Stufen auf einmal nimmt, um dann, kaum in der Tür, mit einer Scherzfrage aufzuwarten. Er hat auch eine Tochter, die ihrem Bruder immer erst nach einer Weile verträumt hinterhergeschlendert kommt und sich still mit einer kleinen Bastelarbeit ins Hundekörbchen zurückzieht. Abends sitzen sie zu dritt im Wohnzimmer vor dem herrlichen Mahl aus Mozzarella und Tomaten, das er, trotz der steten Gefahr, in der Küche liebevoll bereitet hat, und wenn er dann die Teller wieder einsammelt, um sie zur Spüle zu bringen, folgt seine Tochter ihm lautlos und auf dem Rückweg greift sie nach seiner Hand und sein Sohn springt plötzlich zu ihm hinauf, um ihm einen Kuss auf die Stirn zu setzen. Für eine Weile stehen sie so beieinander und dann schauen sie gemeinsam auf die Uhr und mit den Worten, er solle der Mutter doch einen lieben Gruß ausrichten, verabschieden sich die Kinder ins Bett. Das ist dann gleichsam der Moment, wo auch ihn eine kleine Schläfrigkeit überkommt, und er setzt sich in seinen Sessel oder bettet sich auf der Matratze in seinem Arbeitszimmer. An den Haushalt denkt er, an das schmutzige Geschirr auf der Spüle, an die Staubflocken, die träge durch das Wohnzimmer ziehen, an den übervollen Mülleimer, an die Wäsche, die ungebügelt aus den engen Schränken quillt, und natürlich an den Brief, den er uns schreiben will, einen Brief, my friend, wie er uns noch nicht vergönnt war, der unser Herz schon bei seinem Anblick zutiefst berührt, einen Brief, my friend, wie er sich nur unter den geschlossenen Lidern eines Träumers denken lässt, einen Brief wie eine zimtfarbige Wolke, deren herrlicher Duft sich bereits bis ins Treppenhaus ausgebreitet hat, einen Brief, my friend, mit dem er seine Frau empfängt, wenn sie spät am Abend, nach einem anstrengenden Tag, mit einem leichten Stöhnen durch die Haustür tritt und im Flur ihre pralle Arbeitstasche von den Schultern auf den Boden fallen lässt.

Er fuhr aus dem Kissen hoch, hielt den Atem an und lauschte erschreckt. Hatte er da nicht gerade Geräusche vor der Haustür vernommen!

Mit der Hand griff er sich an den Hinterkopf und begann sich die Haare zurechtzuzupfen. Was war heute eigentlich für ein Tag? »Oh Gott!«, entfuhr es ihm. Woher hatte er nur die Unschuld nehmen können, sich ausgerechnet an diesem Tag um diese Zeit noch einmal ins Bett zu legen? Am Freitag kam doch seine Frau häufig schon sehr viel eher von der Arbeit zurück. Was hätte sie wohl gedacht, wenn sie ihn, nach dem gestrigen Abend, am heutigen Tag seelenruhig schlummernd im Bett ertappt hätte. Aber hatte er überhaupt geschlafen? Er hatte doch nur ein wenig zur Decke hinaufgesehen. Vielleicht waren ihm dabei ein paarmal die Augen kurz zugefallen. Mit Faulenzerei jedoch hatte das nichts zu tun. Oder hatte er womöglich sogar geschnarcht? Er selbst hatte nichts gehört. Doch war es deshalb auszuschließen? Außerdem lag es, wenn er tatsächlich geschnarcht hatte, nur an der Hitze. Kein gewöhnlicher Mensch konnte bei dieser Hitze vernünftig atmen. Selbst wenn er nicht geschlafen hätte, hätte er vermutlich leise vor sich hin geschnarcht.

Er sah zum Hund hin, der, die Schnauze eng zwischen den Pfoten vergraben, mit aufmerksamen Augen zur Tür starrte. Hatte der Hund etwa auch Geräusche aus dem Treppenhaus vernommen?

Er beugte sich noch ein Stückchen vor. Stand seine Frau womöglich bereits, die Schuhe in der Hand, seitlich vor der Eingangstür und lauschte auf das, was er tat? Hoffte sie etwa, dort vor der Eingangstür, seine Schritte aus den Räumen zu hören, weil er doch immer nervös auf und ab ging, wenn er an einem neuen Text arbeitete? War es vielleicht diese Stille, die ihr aus der Wohnung entgegenschlug, die seine Frau derart beklemmte, dass sie sich erst sammeln musste, bevor sie die Tür öffnen konnte? Oder war seine Frau, noch auf den letzten Stufen, schon von der Nachbarin abgefangen und in deren Wohnung gewinkt worden? Lehnte seine Frau vielleicht, während er hier noch im Bett lag, am kleinen Telefontisch im engen Flur der Nachbarin und hörte sich ungläubig und missmutig deren Beschwerde an? Es tut mir leid, dass ich Ihnen ein wenig von Ihrer Zeit stehlen muss. Ich weiß, dass Sie eine schwer arbeitende Frau sind. Ich will Ihnen auch gar nicht zu nahe treten, aber Ihr Mann scheint uns doch ein rechter Faulpelz zu sein. Durch die Wände hören wir ihn mitten am Tag schnarchen. Arbeitet er denn gar nichts mehr? Verstehen Sie mich nicht falsch. Ich weiß wohl, dass mich das eigentlich nichts angeht. Ich erwähne das auch nur, weil das Schnarchen Ihres Mannes regelmäßig ein äußerst unangenehmes Störgeräusch im Hörgerät meines Mannes hervorruft. Mein Mann wäre natürlich viel zu schüchtern, sich zu beschweren. Lieber dreht er den ganzen Tag an seinen Reglern. Sie, werte Nachbarin, können sicherlich erahnen, wie nervös mich das macht, und deshalb möchte ich Sie hiermit, von Frau zu Frau, darum bitten, doch mal mit Ihrem Mann zu sprechen. Sie wissen ja, dass wir uns eigentlich nie beschweren. Natürlich sind die Kinder hin und wieder laut, aber sowohl meinem Mann wie auch mir ist es immer eine belebende Freude, diese hellen, fröhlichen Stimmen zu vernehmen.

Er griff sich an die Brust. »Die Kinder!«, stieß er aus, und mit plötzlich offenem Mund warf er einen Blick auf den Wecker. Weshalb waren die Kinder nicht da? Ging die Schule am Freitag länger?

Er schüttelte den Kopf. Waren die Kinder verabredet oder zu einem Geburtstag eingeladen? Das hätte doch mit ihm abgesprochen werden müssen. Was, wenn seine Frau plötzlich nach Hause kam und ihn fragte, wo die Kinder sind? Hast du denn nirgendwo angerufen? Machst du dir gar keine Sorgen? Warum hast du denn nirgendwo angerufen? … Weil ich gar nicht weiß, wo ich anrufen soll. Warum soll ich denn immer alles machen? Ruf du doch irgendwo an, wenn du schon alles besser weißt!

Er sah zur Tür. Konnte es nicht sein, dass die Kinder schon längst da waren? Sein Sohn hatte doch jetzt immer den Wohnungsschlüssel dabei. Nur warum lag der Hund dann noch so friedlich da? Nichts erfreute den Hund so sehr wie die Kinder, wenn sie aus der Schule kamen. So lange hätte er an der Tür gewinselt und gekratzt, bis die Kinder sie ihm geöffnet hätten. Hallo Papa!, hätte es so laut und lustig durch den Raum geschallt, dass selbst er für einen Moment die Augen geöffnet hätte. Oder waren die Kinder sogleich wieder panisch aus der Wohnung geeilt, weil sein Schlaf so fest gewesen war, dass er selbst auf ihre Kniffe hin nicht reagiert hatte? Liefen sie vielleicht jetzt weinend durch die Straßen, weil sie dachten, er sei tot?

Er sah auf das Bettlaken hinab. Das war doch Quatsch. Da war es doch schon eher wahrscheinlich, dass den Kindern dort draußen etwas passiert war, eine Stoßstange, die plötzlich mit größter Wucht …

Er warf den Kopf in den Nacken. »Nein!«, hörte er sich laut sagen und lauschte der Strenge seiner Stimme nach. Wenn einem der Kinder etwas passiert wäre, hätte er das längst erfahren. Nicht nur in der Straße, im ganzen Block waren die Kinder bekannt. Das Telefon hätte überhaupt nicht wieder aufgehört zu klingeln. Oder hatte er das Telefon in seinem Tiefschlaf nicht gehört? Aber jetzt würde er es doch hören! Nichts sprach dafür, dass den Kindern etwas passiert war. Wahrscheinlich waren sie bereits im Hof, hatten mit ihren Ranzen ein Tor errichtet und würden gleich durstig die Treppe hinaufstürmen.

Er atmete tief durch und sah auf seine Hände hinab. Den Kindern konnte gar nichts passiert sein. Die Kinder waren vorsichtig. Die Kinder hatten eine gute Verkehrserziehung erfahren. Die Kinder waren viel umsichtiger als zum Beispiel er oder seine Frau. Straff wie Soldaten warteten sie auf dem Bürgersteig, bis die Ampel umschaltete, und auch dann sahen sie sich noch aufmerksam um, bevor sie die Straße überquerten. Selbst durch dichten Verkehr bewegten sie sich mit großer Sicherheit. Sobald sie nach Hause kamen, würde er sie deshalb loben. Er musste die Kinder sowieso viel mehr loben. Kaum, dass sie die Ranzen abgelegt hätten, würde er ihnen heute sagen, wie stolz er auf sie sei, und dann würde er sie fragen, ob sie sich etwas Besonderes zu essen wünschten. Vielleicht würde er sie auf eine Pizza einladen. Das hatte er schon lange nicht mehr getan.

Ja, dachte er, indem er langsam auf das Kissen zurücksank. Diese Pizza hatten sich die Kinder redlich verdient. Glücklich würde er sie dabei beobachten, wie sie sich die zu großen Stücke gierig in den Mund stopften. Heute dürft ihr schmatzen, Kinder, würde er sagen und zu seiner Frau hin lächeln.

Er schloss die Augen. Es waren wirklich tolle Kinder, die sie da hatten. Warum hatte er eigentlich noch nie versucht, seine Kinder zu beschreiben? Es musste ja nicht gleich ein ganzes Buch daraus werden. Eine Studie würde vorerst genügen. Wo kam man sonst so dicht an Menschen heran wie in der eigenen Familie. Mit der Tochter würde er beginnen – oder doch mit dem Sohn.

Er legte sich die Hand auf die Stirn. Was fiel ihm zum Beispiel jetzt, in diesem Moment, spontan zu seinem Sohn ein? Zuerst natürlich, wie gewandt er sich auf der Straße und im Verkehr zurechtfand. Dann, dass er keine Verantwortung scheute. Für sein Alter bestimmte sein Sohn schon sehr vieles selbst. Zudem war er äußerst verlässlich, neugierig und freundlich und mit einem untrüglichen Gefühl für Stimmungen ausgestattet, einem Gefühl allerdings, das er auf kindliche Art doch sehr überzog. Wenn er mit müden und schlurfenden Schritten aus dem Arbeitszimmer herauskam, fragte sein Sohn ihn neuerdings immer, ob es ihm etwas besser gehe. Guck mal hinaus, Papa, heute ist wieder ein schöner Tag. Hast du denn etwas geschafft? Ich verstehe ja deine Bücher leider noch nicht, aber du bist bestimmt ein guter Schriftsteller. Wie hieß dein zweites Buch noch mal? Genau! Das war doch das, wo du nur zwei Monate für gebraucht hast.

Er öffnete die Augen und schloss sie wieder. Wie ein Versehrter wurde er von seinem Sohn betrachtet. Manchmal kam er gar nicht wieder aus seinem Arbeitszimmer heraus, um nicht eine dieser aufbauend gemeinten Reden seines Sohnes über sich ergehen lassen zu müssen, und meist im Ton zu scharf, wies er das Kissen zurück, das sein Sohn ihm, sobald er sich irgendwo hingesetzt hatte, hinter den Rücken stopfen wollte. All diese Demonstrationen von Einfühlsamkeit entflammten bei ihm eine innere Wut, die sich kaum bändigen ließ. Ans Schienbein würde er seinen Sohn das nächste Mal treten, wenn dieser ihn wieder mit seinem aufgesetzt besorgten Blick betrachtete, um sich anschließend wie gedämpft, in unsagbar kränkender Rücksichtnahme um ihn herum zu bewegen, ganz so, als handelte es sich bei ihm um einen zutiefst verletzten, früh vergreisten und erschütterten Menschen, den jeder Lärm und jede Aufregung, den jedes menschliche Ereignis im Kern tödlich bedrohe. Schlaf weiter, Papa und lass nicht alles an dich heran. Weißt du, wenn wir gewusst hätten, dass du dich im Bett erholst, hätten wir gar nicht gehofft, dass du uns von der Schule abholen würdest. Zwei Stunden haben wir gewartet und dann rannte meine Schwester nach dem Ball auf die … Sie war sofort … Der Fahrer hat uns dann freundlicherweise noch nach Hause gefahren und mir sogar geholfen, meine Schwester, unten im Hof, unter die Plane zu legen. Weißt du, da, wo seit Wochen die Bretter lagern. Danach bin ich schnell zum Beerdigungsinstitut hinaufgerannt. Der Verkäufer wollte mir zuerst so einen richtig fetten Eichensarg andrehen. Voll übertrieben! Ich habe mich dann natürlich für so einen kleinen, dünnwandigen und günstigen entschieden. Ich dachte, wir könnten ihn zusammen anmalen. Aber wenn dir das zu viel ist, kriege ich das auch allein hin. Du musst dich um nichts kümmern, Papa. Schlaf einfach noch ein bisschen weiter. Du brauchst deine Ruhe. Das sieht echt gemütlich aus, wie du da liegst, und mach dir wegen der Kosten keine Sorgen. Ich habe von meinem Taschengeld in den letzten Jahren ganz viel gespart. Auf diesen blöden Computer kann ich auch weiterhin verzichten. Und Mama, würde ich vorschlagen, sagen wir vorerst gar nichts. Sonst wird sie wieder sauer auf dich. Sie hat ja so viel zu tun, da fällt es ihr bestimmt nicht auf, wenn einer fehlt.

Er riss die Augen auf, wandte den Kopf herum und starrte auf den Wecker. Warum landete der Sekundenzeiger eigentlich immer schräg neben dem jeweiligen Strich?

Da steckte doch überhaupt keine Genauigkeit drin. Oder lag es an dem Blickwinkel, von dem aus er auf den Wecker schaute?

Er sah zum Fenster hin. Er musste sich jetzt konzentrieren. Hatte seine Frau nicht gestern im Laufe des Abends angedeutet, die Kinder seien nach der Schule in der Gärtnerei verabredet? Oder versuchte er sich da an etwas zu erinnern, was nie gesagt worden war. Hatte seine Frau nicht sogar erklärt, sie würde früher Schluss machen und die Kinder zur Feier des Tages von der Schule abholen? Waren das nicht die letzten Sätze gewesen, die sie ihm, aus ihrem Zimmer, bereits wieder versöhnlich, hinterhergerufen hatte und die er nur deshalb so undeutlich in Erinnerung hatte, weil er sie, schon wieder ins Wohnzimmer zurückgestiefelt, wenn überhaupt, dort nur sehr schwach, wie einen sanften Wind vernommen hatte? Oder war seine Frau heute gar nicht bei der Arbeit gewesen? Hatte sie sein gestriges Verhalten als so unzumutbar empfunden, lächerlich und grausam zugleich, dass sie heute, gleich am Morgen, an jeder Hand ein Kind und den Schlussstrich endgültig im Kopf, aus der Wohnung entwichen war? Aber wo sollte sie hin? Zu ihren Eltern? Ausgeschlossen! Außerdem müssten die Kinder weiter zur Schule gehen. Sah sie sich bereits nach einer neuen Wohnung um, einer Wohnung, in der es weder für ihn noch für den Hund Platz gab? Aber wer würde sich dann am Nachmittag um die Kinder kümmern? Das war doch alles gar nicht auf die Schnelle zu organisieren. Seine Frau war doch eine Realistin. Etwas derart Unüberlegtes käme niemals auch nur an den Rand ihres Sinnes heran. Wahrscheinlich war sie einfach mit den Kindern aus der Stadt hinausgefahren und blickte jetzt, seit Stunden schon, mit ernster Miene nachdenklich auf einen See. Bestimmt würde gleich das Telefon klingeln und dann würde sie ihn fragen, ob er nicht doch Lust hätte nachzukommen. Dann durfte er auf keinen Fall seine Badehose vergessen. Auch das Notizbuch würde er einstecken, und, den Hund an der Leine, würde er sich schweigend neben seine Frau setzen und fast scheu den Kindern zuwinken, die sich von den überstehenden Ästen ins Wasser schwangen. Abends würden sie sich beide eine Decke über die Schulter legen und auch nachts würden sie noch dasitzen, dann aber aneinandergelehnt und jeder ein schlafendes Kind im Schoß, und so würden sie zu den Sternen hinaufblicken und das Erste, was er sagen würde, wäre, dass er sich noch immer nicht vorstellen könne, dass dort oben bereits Menschen gewesen seien, dass er ihr aber natürlich auch dorthin folgen würde, wenn sie es nur wolle.

Er sah zur Decke hinauf. Was hielt seine Frau nur hier? Nicht nur dank ihrer Ausbildung, sondern vor allem wegen ihrer Fähigkeiten hätte sie doch die Möglichkeit, sich überall auf der Welt zu bewähren. Was war es, was sie sich hier noch erhoffte? Bestimmt nicht, täglich noch später von der Arbeit zu kommen. Aber warum verharrte sie hier dann noch in trotziger, fast lebloser Sturheit und kam nicht einmal auf die Idee, sich zum Beispiel in Afrika als Entwicklungshelferin zu bewerben? Noch am gleichen Tag, am gleichen Abend, noch in der Stunde dieser Verkündigung hätte er bereits seine Sachen zusammengepackt. Vom frühen Morgen an würde er mit den Kindern des Dorfes und den eigenen Fußball spielen und abends, während sie alle zusammen den Reis mit den Händen aus einer Schale äßen, würde er Geschichten erfinden und die Kinder des

Dorfes würden sich in Scharen um ihn herumdrängen und staunend an seinen Lippen hängen. Von Städten und Häusern in Europa würde er berichten, von alten Frauen, die mit aufgeklappten Regenschirmen an Bushaltestellen warteten, von Hunden, die in künstlichen Gewässern badeten, und Flugzeugen, in denen einzelne Menschen die Welt erkundeten. Nachts würde seine Frau, noch warm von der Sonne wie er selbst, ihn in den Arm nehmen und gemeinsam würden sie, bei einem Glas Wein, aus ihrer Lehmhütte in das friedliche, dunkle Dorf hinausblicken, und bevor sie dann auf ihr Lager kröchen, würde er sich noch einmal entschuldigen, denn er musste noch mal nach dem schmalen, fiebrigen Jungen in der Hütte nebenan sehen, ihm die Wadenwickel wechseln und ihm die Hand auf die Stirn legen, weil nur so der Atem des Kindes sich langsam beruhigte.

Er hob den Kopf, sah zur Tür und ließ ihn wieder sinken. Hatte seine Frau jede Abenteuerlust verloren? Wo war ihre Forschheit hin? Für diese Forschheit hatte er sie doch immer geliebt. Warum hatte er ihr noch nicht das Buch über Strickmuster entrissen, in dem sie neuerdings, immer wenn die Kinder im Bett waren, auf dem Sofa blätterte, anstatt sich mit ihm zu unterhalten oder wenigstens, gemeinsam mit ihm, dem Radio zu lauschen? Was würde wohl geschehen, wenn er dieses Buch vor ihren Augen aus dem Fenster würfe? Würde sie ihn womöglich, nach kurzem Schreck, mit einem dankbaren Blick betrachten, einem Blick, der sich gleichsam über sich selbst wunderte? Oder würde sie, mit den Tränen kämpfend, in den Hof hinabschauen und dann, mit ihren zierlichen Fäusten, beginnen, seine Brust zu bearbeiten? War seine Frau vielleicht in den letzten Jahren schleichend, und ohne dass er es bemerkt hatte, von Bürgerlichkeit befallen worden, einer Bürgerlichkeit, die ihr fortan das Leben streng diktieren würde, und war nicht auch er schon längst von dieser Bürgerlichkeit erfasst? Würgte diese Bürgerlichkeit nicht schon seit langem auch an seiner Kehle und ließ ihn von Stunde zu Stunde ausgedörrter in den Tag blicken?

Er schnellte hoch, atmete tief durch und sah sich um. Zumindest seine Unordentlichkeit hatte er sich bewahrt. Vielleicht war es gerade diese Unordentlichkeit, aus der sich, wie aus einem Haufen Streichhölzer, etwas erbauen ließe. Aber was wollte er erbauen und war es schon bürgerlich, den Kindern etwas zu essen in die Schule mitzugeben? War es bürgerlich, auch von den Gästen zu verlangen, sich beim Pinkeln auf die Klobrille zu setzen? Sollte er sich womöglich dazu zwingen, vermehrt wieder im Stehen zu urinieren! Aber wie lange würde er das durchhalten, und war nicht allein die Tatsache, dass er mitten am helllichten Tag im Bett lag, das Gegenteil von Bürgerlichkeit? Genügte nicht die hartnäckige und unabänderliche Verlässlichkeit, mit der er seit Jahren schon kein Geld verdiente, sondern, einem Vögelchen im Neste gleich, immerzu mit aufgesperrtem Schnabel darauf wartete, dass seine Frau endlich von der Arbeit kam, ihn von allzu großer Bürgerlichkeit loszusprechen?

Er ließ sich auf das Kissen zurücksinken. Mit Bürgerlichkeit hatte das Dasein, das er führte, nichts gemein. Sein Dasein war das Dasein eines Rentners. Im Schnelldurchgang war er dahingealtert, ein unzufriedener, mürrischer Rentner, dem jede finanzielle Unterstützung versagt war, weil er sie sich an keinem Tag seines Lebens verdient hatte. Auch jetzt lag er doch schon wieder mit bleischweren Gliedern im Bett. War er überhaupt noch in der Lage, sich jemals wieder zu erheben, oder hoffte er insgeheim wirklich, dass seine Frau ihn heute, hier im Bett und bar jeder Fassade antreffen würde, einen plötzlich steinalten Mann, der undankbar zu ihr hinaufblickte und sie mit herrischer Geste in die Küche beorderte, damit sie ihm in der weißen Tasse mit dem kleinen Sprung am Rand einen Pfefferminztee aufbrühte?

Er sah zur Decke hinauf. Es war ja nicht nur so, dass er wie ein Rentner dahinvegetierte, sondern auch seine Gedanken hoben sich nicht mehr über das hinaus, was sonst höchstens noch eines hochbetagten, verkalkten Menschen würdig wäre. Allein die Messungen, die er jetzt täglich in der Wohnung vornahm, waren doch schon Indiz genug für eine immer schneller voranschreitende Vertrottelung. Dabei waren diese Messungen noch das Harmloseste. Schlimmer war es da schon, dass er jedes Mal, wenn seine Tochter das Bad verlassen hatte, hineinging, um abzuschätzen, wie viel Klopapier sie wieder verbraucht hatte. Schlimm war auch, wenn er sich plötzlich erhob und tief im Mülleimer nach dem Rest des Apfels fischte, den sein Sohn sich am Morgen vom Tisch genommen hatte, weil es ihn dann doch nicht loslassen wollte, ob sein Sohn diesen Apfel auch mit der gebührenden Redlichkeit zu Ende gegessen hatte. Auch dass er neulich den Rock seiner Frau, weil sie ihn tatsächlich höchstens einen Tag getragen haben konnte, aus dem Schmutzwäschekorb geangelt und ihn ihr wieder unter die sauberen Sachen gejubelt hatte, warf doch ein bedenkliches Licht auf seine Verfassung. Alle diese Handlungen, für die er sich zutiefst schämte, erschienen ihm wie Gebote, von denen er sich nur befreien konnte, indem er ihnen folgte. Wie sollte er zwischen allen diesen Geboten, die sich an manchen Tagen dicht aneinanderdrängten, überhaupt noch einen Gedanken fassen, zumal einen künstlerischen? Wo sollte dieser Gedanke herkommen, wenn ihn am Schreibtisch unaufhörlich die Frage marterte, ob es die richtige Entscheidung war, den Kaffee aus dieser und nicht erneut aus der gestrigen Tasse zu trinken, und wie lange würde er noch die Liebe zu seiner Frau und den Kindern aufrechterhalten können, wo ihm inzwischen fast jede ihrer Verrichtungen so widersinnig vorkam, dass er in ihrer Gegenwart immer häufiger die Augen schloss, um ihre Handlungen nicht zu tief auf sich wirken zu lassen? Wie lange würden sie dieses Leben noch gemeinsam ertragen und warum ließen sie das hier nicht alles hinter sich und eroberten sich fern dieser bürgerlichen Anhäufung von Tellern, Kerzenständern, Bettlaken, Untertassen und so weiter eine neue Freiheit? Vielleicht empfand seine Frau das sogar schon viel länger als er und wagte es bisher nur nicht zu sagen, weil sie glaubte, er brauche sein Arbeitszimmer. Vielleicht hatte seine Frau sich genauso im Alltäglichen verloren wie er. Vielleicht stand sie dort tatsächlich mit den Kindern vor der Eingangstür und betete, dass er endlich aus dem Bett springen und all diesen Müll, mit dem sie sich seit Jahren umgaben und der all ihre Gefühle zueinander immer tiefer unter sich begrub, mit bloßen Fäusten zerschlagen möge. Auf ein Machtwort von ihm wartete sie. Vielleicht hätte sie dann in aller Frühe ihre Sachen noch schneller gepackt als er.

Er schloss die Augen. Gleich morgen, alle vier mit einem dünnen Rucksäckchen auf dem Rücken, würden sie aufbrechen und ihre aufgeregten und überschwänglichen Stimmen würden die Nachbarin noch im Schafanzug neugierig aus ihrer Tür ins Treppenhaus treten lassen. Wo führt denn die kleine Reise diesmal hin? An die Ostsee? Gut geraten, liebe Nachbarin, aber leider falsch. Es geht nach Afrika, und zwar für immer.

Er öffnete wieder die Augen. Würde seine Frau wirklich den Mut haben, sich von allem hier loszusagen, und hätte sie überhaupt das Bewusstsein für das Befreiende dieses Moments? Seine Frau führte hier doch ein ausgefülltes Leben. Für seine Frau würde dieser Aufbruch doch nichts weiter bedeuten, als dass sie ein ausgefülltes Leben an dem einen Ort gegen ein ausgefülltes Leben an einem anderen Ort tauschten. Aber würde sie das für ihn tun? Und was gab ihr eigentlich die Gewissheit, dass er dort unten fester und entschlossener im Tag stehen würde? Was gab ihr die Gewissheit, dass er dort unten nicht, von Kakerlaken bedeckt, teilnahmslos, von morgens bis abends, auf seiner Strohmatte vor sich hin dämmerte und nur hin und wieder mit seinen Fingernägeln am Lehm der Wände kratzte? Würde allein seine Beteuerung, dass er dort unten zu einem lebendigen Menschen würde, ihr schon ausreichen?

Er schüttelte den Kopf. Er musste diesen Aufbruch schon vorab verkörpern. Von der jetzigen Stunde an musste er diesen Aufbruch mit jeder Faser seines Lebens beglaubigen. Allein der Gedanke an diesen Aufbruch musste in ihm einen neuen Menschen zutage fördern, einen Menschen, zu dem sich seine Frau, mit seit Jahren nicht mehr gekannter Leidenschaft, hingezogen fühlte. Knall auf Fall und widerstandslos musste sich seine Frau in diesen neuen Menschen verlieben. Ein unaufhörliches Versprechen zu sein, das war es, was er jetzt erreichen musste. Kein falsches Signal durfte er mehr aussenden. Nicht mehr jeden Abend über die Hitze jammern! Wie sehr sie ihn lähmte und seine Gedanken tötete. Wie schummrig ihm immer am Schreibtisch war.

Er ballte die Fäuste. Von heute ab würde er dieses Wetter preisen, sich wohlig am geöffneten Fenster in der warmen Luft rekeln, und abends würde er seiner Frau mit einem Lächeln voller Zufriedenheit und anhaltend guter Laune die Tür öffnen. Guck mich an, mein Schatz! Erkennst du mich noch? Ich bin der Mensch, den du wolltest. Dein Ausblick. Ein Ausblick, so bezaubernd, exotisch und reich, das er uns auf direktem Weg nach Afrika führen wird, ein Ausblick voller Lust und Wärme. Nie wieder Winter! Das würde fortan sein Schlachtruf werden. Reich mir die Hand, mein Schatz, und klettere mit mir auf die Palme. Darf ich dir noch eine Kokosnuss öffnen?

Er schloss die Augen. Wenn es ihm gelänge, das Zutrauen seiner Frau zurückzuerobern, dann wäre sie auch wieder zu jedem Abenteuer bereit. Aufrecht, in einem winzigen Boot, würde sie, während er hinter ihr ängstlich mit den Kindern und dem Hund auf den Planken kauerte, bei peitschender See nach Afrika übersetzen. Alle mutigen Entscheidungen, die sie jemals getroffen hatten, hatte seine Frau vorangetrieben. Sie war es, die, obwohl damals noch in der Ausbildung, zuerst mit der ihr eigenen Bestimmtheit den Wunsch geäußert hatte, dem ersten Kind sogleich ein zweites folgen zu lassen. Auch die Anschaffung des Hundes hatte sie entschieden, und wenn seine Frau damals, vor fünf Jahren, nicht so tollkühn über alle Bedenken hinweggegangen wäre, dann hätten sie auch diese Wohnung nie gemietet. Es hatten ihnen ja alle abgeraten. Eure Kinder sind eh schon so dünn und blass, so schwach und anfällig, da könnt ihr doch nicht in eine solche Wohnung ziehen. Der Winter dauert nicht drei, sondern sechs Monate, manchmal sieben. Hier sieht es ja aus wie nach dem Krieg. Solche Reden prasselten damals von den ersten Besuchern auf sie ein, und während er sich vor diesen Reden am liebsten hinter einen der vielen Öfen verkrochen hätte, durchschritt seine Frau stolz, dem mäkelnden Besuch voran, die großzügigen Räume.

Er öffnete die Augen. War der damalige Entschluss, diese Wohnung zu mieten, nicht auch ein Trotzen gegen eine Bürgerlichkeit, die ihnen von außen, sowohl von Verwandten wie auch von Freunden, massiv angetragen wurde? War das Mieten dieser Wohnung nicht sogar der bisherige Gipfel eines gemeinsamen Projektes, das dem schnöden, bürgerlichen Vor-sich-hin-Altern mit erhobener Faust den Kampf angesagt hatte? Nie würde er den Abend vergessen, an dem er, vor nun fast fünf Jahren, zum ersten Mal den Ofen im Wohnzimmer anfeuerte. Wie gebannt lauschten sie alle vier dem Knistern im Inneren des Ofens nach, und als dann die Ofenwand die erste Wärme abwarf, da erkannte er in dem Gesicht seiner Frau den gleichen Jubel, den auch er fühlte, und wie man eine ziehende Wolke betrachtet, so sah er sich in ein unendliches Glück hinausspazieren.

Er seufzte auf. Im ersten Winter war es ihm immerhin noch manchmal gelungen, sich an diesen Moment zu erinnern, aber schon der zweite Winter, vom dritten ganz zu schweigen, war furchtbar. Bereits im Juli, manchmal schon Mitte Juni, begann er still die kalten Monate abzuzählen.

Oktober, November, Dezember, Januar, Februar, März. Sechs Monate, auf die er die restliche Zeit über wie das Kaninchen auf die Schlange starrte.

Er kniff die Augen zu. Tiefen Nadelstichen gleich oder als sei die Wohnung mit Reißzwecken ausgelegt, so würde er in den nächsten Tagen seine Frau bei jeder sich bietenden Gelegenheit an den Winter gemahnen. An die außen und innen vereisten Fenster würde er sie gemahnen, an den roten Staub, der Atmung und Hände sich so dumpf anfühlen ließ, wenn er bei der täglichen Reinigung den Öfen entstieg, an die Kälte und den Schmutz würde er seine Frau gemahnen, an die Kinder, die mit dreckigen Fingernägeln und mehreren Pullovern übereinander wie Michelinmännchen durch die Wohnung torkelten, an die Zahnbürste, die man sich am Morgen zuerst in den Mund stecken musste, um die Borsten vom Eis zu befreien, an die zahlreichen Verbrennungen würde er seine Frau gemahnen, die sie sich im Schlaf von den zu heißen Wärmflaschen zugefügt hatte, an das Erwachen und den Blick in den eigenen Atem, der sich über einem auftürmte. Hast du vielleicht schon eine Idee, Liebling, wo wir dieses Jahr den Weihnachtsbaum hinstellen wollen? Was guckst du mich denn so bleich an? Und wie wollen wir eigentlich dieses Jahr mit der Kohlepolitik verfahren? Soll das Heizen wieder meine Aufgabe sein? Dann darfst du mir aber nicht wieder so viel hineinreden.

Er öffnete die Augen, und indem er sie wieder schloss, sah er das düstere Gesicht seiner Frau vor sich, schaute in ihren zornigen Blick, den sie ihm immer zuwarf, wenn sie abends mit der Hand an der Ofenwand fühlte. Nie war es ihr warm genug. Nur, warum fiel die Aufgabe des Heizens dann jedes Jahr von neuem wieder auf ihn zurück? Warum erhob sich seine Frau im Winter nicht eine Stunde früher und füllte die Öfen, wie es ihr beliebte? Er war nun einmal ein sparsamer Mensch. Warum folgte seine Frau nicht seinem Beispiel? Wenn er merkte, dass die Kälte zu tief in ihn hineinkroch, erhob er sich und ging mit schnellen Schritten ein paarmal auf und ab. Das entspannte nicht nur die Gedanken und war gesund, sondern es war auch allemal besser, als immerzu vorwurfsvoll und schlecht gelaunt vor sich hin zu starren. Er heizte nun mal so, wie er heizte, und daran würde sich auch nichts mehr ändern. Das hatte weder mit Geiz zu tun noch mit der Genugtuung, die er tatsächlich empfand, wenn ein Kohlepäckchen über die gewöhnliche Zeit hinaus reichte.

Er öffnete die Augen und sah zur Decke hinauf. War die Angst vor Verschwendung in ihm so mächtig, weil die Zukunft ihm so leer erschien, und war die Art, wie er heizte, nicht deshalb sogar ein Abbild seiner selbst? Was genau hinderte ihn daran, ein paar Kohlen mehr in die Öfen zu legen. War es vielleicht das Bemühen, ein nicht gerade erfolgreiches Leben auf kleiner Flamme fortzusetzen, war es vielleicht schon ein Einigeln in ein Dasein, das keinen Luftsprung mehr voraussah, oder war es schlichtweg Rechthaberei, die ihn, wider besseres Wissen und also auf ekelhafteste Weise, behaupten ließ, es sei auch mit drei Kohlen im Ofen über den Tag schon warm genug? Gönnte er sich vielleicht selbst keine Wärme mehr und bestand sein Leben nur mehr aus dem Wunsch, seine Familie in seine innere Kälte mit hineinzuzwingen? Das Glück, an dem sie hier, gleichsam mit der Wohnung, festhielten, war doch längst schal geworden. Warum nahm er seine Frau draußen auf dem Bürgersteig nicht wieder bei der Hand und spazierte mit ihr durch entlegene Straßen? Warum fuhr er nicht mal wieder mit ihr hinaus? Ganz gleich, vor welchem Haus sie früher standen, in welchem Land sie gerade waren, ob sie gerade durch ein ausgestorbenes Dorf, die Ausfallstraße eines kleinen Städtchens entlang- oder durch ein tristes Neubaugebiet liefen, immer hatten sie versucht, sich vorzustellen, wie es wäre, wenn sie hier wohnten, und immer hatte ihrer beider Herz dabei fröhlich und aufgeregt gepocht, weil es völlig außer Frage stand, dass ihr gemeinsames Glück sie selbst an diesem unwirklichen Ort aufspüren würde.

Er atmete tief ein und aus. Ob seine Frau sich wohl auch noch an diese Tage erinnerte? Oder dachte sie, wenn sie nachts allein im Bett lag, ausschließlich an ihre Arbeit? Erkannte sie ihn überhaupt noch, wenn sie den Kopf kurz von der Zeitung hob und zu ihm hinsah, oder hob sie den Kopf nur der angenehmen Empfindung im Nacken wegen? Hatte sie überhaupt noch das Verlangen sich vorzustellen, wie es mit ihm an einem anderen Ort wäre, oder war es ihr mittlerweile gleichgültig, wo sie ihn vermisste? Jede Flucht führte doch in die Irre. Ein kurzes Versprechen und schon stand der Schreibtisch wieder verlassen und bedrohlich da. In Afrika würde er so dastehen und auf arktischem Eis. Statt des Hundes würde dann ein Pinguin zu seinen Füßen liegen, aber seiner Aufgabe als Schriftsteller würde er auch dort nicht gerecht.

Er schreckte hoch und sah zu seinem Notizbuch. Worin bestand seine Aufgabe als Schriftsteller eigentlich? Bestimmt nicht in der Träumerei, dass es woanders besser sei! Festketten müsste er sich im Gegenteil an diesem Schreibtisch, sich für die nächsten Jahre in der Wohnung einsperren. Statt immer nur sich selbst, mit einem Turban auf dem Kopf, aus einer geschnitzten Tür oder in Fell eingehüllt, mit Robbenstiefeln an den Füßen aus einem Iglu treten zu sehen, bestand doch die Aufgabe eines Schriftstellers vielmehr darin, nachzufühlen, wie andere an diesen Orten lebten.

Er sank auf das Kissen zurück. Bestand die vornehmlichste Aufgabe eines Schriftstellers nicht darin, wenigstens einen kleinen Teil zum gemeinsamen Einkommen beizutragen oder, wenn dies nicht gelingen wollte, so zu heizen, dass nicht immerzu alle froren? Bestand nicht auch für einen Schriftsteller das Heil in der Aufgabe, sich zumindest hin und wieder mit einem gewissen Wohlgefallen betrachten zu können, als einen schönen Menschen an einem freundlichen Tag, einen Menschen, auf dem nicht jede bevorstehende Stunde wie ein Angsttraum lastete, der nicht immerzu glaubte, als lächerliche Ausgeburt, völlig sinnlos auf der Welt gelandet zu sein, der sich nicht zutiefst schämte, wenn er seinen Namen vernahm, sondern schon an der Art, wie er jetzt aufmerksam den Kopf hob, stolz auf ein ständiges Bemühen verwies? Vielleicht würde es tatsächlich genügen, wenn er diesen Winter ordentlich heizte, wenn er den steten Ärger über ihn in eine stete Freude verwandelte, eine Freude, die bald auch wieder auf ihn selbst abfärbte. Ja, dachte er, einem Berserker gleich und gegen alle eigenen Widerstände würde er im kommenden Winter Tonnen von Kohlen in die Öfen schippen und nur ruhen, um sich den Schweiß von der Stirn zu wischen.

Er schloss die Augen. Verwandelt und mit unbändiger Kraft, so würde er aus diesem Winter hervorgehen, sich mit mächtigen Muskeln an seinen Schreibtisch setzen, ein freier Geist, der zu jeder Stunde tollkühne Visionen erschaute und der von seiner Frau mit einem liebevollen Blick empfangen wurde, wenn er federnden Schrittes aus dem Arbeitszimmer kam. Ein Schriftsteller würde er sein, zu dem sein Sohn mit Ehrfurcht aufsah, um dann stolz, vor der ganzen Klasse, seiner Lehrerin von ihm zu berichten. Mein Vater ist ein Mann, Frau Lehrerin, der treu seiner Aufgabe dient. Täglich schickt er meine Schwester und mich auf die Straße. Dann müssen wir wieder neue Notizbücher kaufen, aus denen er am Abend stundenlang unserer Mutter vorliest, und wenn sie uns am nächsten Morgen an die Wohnungstür begleitet, ist ihr Blick noch immer ganz beseelt und zum Abschied flüstert sie uns einen seiner langen, wunderschönen Sätze zu, und während ich diesen Satz noch zu verstehen versuche, spüre ich gleichzeitig die Sorge, die meine Mutter immerzu umtreibt, sobald sie einen Blick zum Arbeitszimmer wirft. Mannshoch und schon bei der kleinsten Erschütterung schwankend, türmen sich mittlerweile die Notizbücher meines Vaters auf seinem Schreibtisch. Wir Kinder dürfen diesen Raum schon längst nicht mehr betreten, und wenn ich unsere Mutter frage, ob sie nicht auch fürchte, unser Vater könne irgendwann von all seinen Notizbüchern erschlagen werden, dann verneint sie zwar entschieden und lächelt sogar dabei, aber dieses Lächeln ist gezwungen und ihre Augen, Frau Lehrerin, weichen meinem Blick zudem ängstlich aus.

Er sah zur Decke hinauf. Vielleicht sollte er sich dieses Jahr zu Weihnachten, eigens für seine Notizbücher, von seiner Frau ein Regal wünschen, ein helles und hohes Regal, das er neben seinem Schreibtisch aufbauen und sicher an die Wand anschrauben würde. So ein Regal würde ihn doch noch zusätzlich anspornen, und zu sehen, wie es sich allmählich füllte, wie er nach einiger Zeit die Notizbücher zur Seite pressen müsste, damit ein neues noch Platz fände, wäre ihm eine ewige Freude. Unten würde er die großen Notizbücher einordnen, die wichtigen, zu denen er sich in der Nacht, wenn alle längst schliefen, hinunterbeugen würde, und oben würde er die kleinen Notizbücher unterbringen, die er fortan immer bei sich tragen und die er auf der Straße, im Café oder in der Mieterberatung plötzlich hervorziehen würde, um sie, an eine Hauswand gelehnt, über eine Motorhaube gebückt oder morgens in aller Frühe mit dem Hund im Park, bei praller Sonne oder eisiger Kälte, mit seiner hastigen Schrift zu füllen. Die Kinder wären bestimmt froh, wenn er ihnen im November bereits zuflüsterte, dass er sich von ihnen zu Weihnachten jeweils ein Notizbuch wünschte.

Er sah zur Glühbirne und schloss die Augen. Würden sie überhaupt noch mal ein gemeinsames Weihnachten in dieser Wohnung feiern?

Er ballte die Fäuste. Nein! Sie ließen sich nicht vertreiben. Selbst unter Androhung rohster Gewalt würden sie nicht aus diesen Räumen weichen. Mit einer Axt und einer ganzen Armee im Schlepptau könnte, allen voran, die Dame von der Hausverwaltung in die Wohnung stürmen, mit Pistolen um sich knallen oder ihm mit der Peitsche eins überziehen, er würde an seinem Schreibtisch sitzen bleiben. Bis er den Brief an den amerikanischen Investor beendet hätte, würde er an seinem Schreibtisch sitzen bleiben!

Seelenruhig würde er ein Notizbuch nach dem anderen füllen und es in sein neues Regal stellen. Von seinem Trotz würde er ihm schreiben, von seiner Frau, den Kindern und dem Hund und dass ihr Leben, das sie hier verwirklichten, in Wahrheit ein Projekt sei: »Wohnen unter widrigen Bedingungen«, dass aber dieses Wohnen jung hielt, dass nur der Spießer mürbe vergeht, der edle Mensch aber nicht zu brechen sei, dass er, der amerikanische Investor, viel von ihm lernen könne und dass es etwas unmissverständlich anderes sei, jemanden zu lieben oder jemanden zu ficken.

Er fuhr in die Höhe. Hatte er nicht, bevor er sich ins Bett gelegt hatte, für diesen Brief bereits eine Idee gehabt und warum kam sie ihm nicht wieder in den Sinn? Sie konnte doch nicht verschwunden sein!

Er sah zum Schreibtisch hin. Dann ließ er den Blick auf seine Hände hinabsinken und schüttelte den Kopf. War das wirklich seine Idee gewesen? Einen Brief, den der amerikanische Investor sich selbst schreiben sollte? Aber warum sollte der amerikanische Investor das tun! Das konnte doch wohl kaum seine Idee gewesen sein! Was würde seine Frau wohl zu dieser Idee sagen? Wahrscheinlich würde sie, wenn er ihr abends selbstgefällig im Sessel mit glühenden Augen diese Idee erläuterte, ihn auf der Stelle für bekloppt erklären. Niemals durfte sie von dieser Idee erfahren! Diese Idee würde doch alles zwischen ihnen nur noch mehr komplizieren. Schon jetzt war er sich doch über Tage hinweg nicht mehr sicher, was seine Frau noch von ihm hielt. Das war es, was er in Wirklichkeit ansprechen musste. Mit ein paar großen Gläsern eiskalten Wassers würde er sich gleich heute Abend Mut antrinken und ihr dann mit einem forschen und wachen Blick begegnen. Jede Kritik von ihr würde er sich zu eigen machen und geloben, zukünftig immer sein Bestes zu versuchen.

Er sah zum Schreibtisch hin. Wieso hatten sie ein solches Gespräch nicht schon viel früher geführt und was würde er antworten, wenn seine Frau ihn im Gegenzug fragte, was er von ihr hielte? Dann musste seine Erwiderung sie zum Strahlen bringen. Auf keinen Fall durfte er in diesem Moment in Sprachlosigkeit versinken und nicht die geringste Not durfte sich in seine Antwort schleichen. Wirklich, für deine Frau hältst du mich? Das hast du schön gesagt. Fällt dir sonst noch etwas ein? … Wie interessant! Für die Mutter unserer Kinder hältst du mich also auch. War es das jetzt? … Nein? … Was denn noch … Aha, du siehst mich nicht nur als Mutter, sondern gleichzeitig als arbeitende Frau. Kommst du darauf, weil ich das Geld verdiene und abends meist spät nach Hause komme? Richtig? … Habe ich es mir doch gedacht. Weißt du was, du kannst mich mal kreuzweise!

Er sank auf das Kissen zurück. Woher kam denn seine momentane Sprachlosigkeit und warum strengte allein die Vorstellung, seiner Frau ein nettes Wort zu gönnen, ihn derart an? Das lag doch nur an der Unsicherheit, in der sie gerade lebten. Weshalb aber hatte diese Unsicherheit seine Frau und ihn in diesem Maße entzweit? Genauso gut hätte diese Unsicherheit sie auch enger aneinanderrücken lassen können. Sie beide verband doch die gleiche Sorge. Das hast du aber liebevoll formuliert, wie gut mir die neue Brille steht. Ich habe ehrlich gesagt gar nicht damit gerechnet, dass sie dir auffällt. Hast du denn schon mit dem Brief an den amerikanischen Investor begonnen? … Nein? Dann helfe ich dir jetzt.

Er sah zur Glühbirne hinauf. Woher nahm der amerikanische Investor bloß diese zerstörerische Kraft? Von der Sekunde an, da er in ihr Leben getreten war, hatte er nur Unheil über sie gebracht. Wie ein Schicksal, das ihnen auferlegt worden war, so schwebte der amerikanische Investor über ihren Köpfen, ein Monster, das aus jedem ihrer Tage, aus jeder ihrer Stunden alle Freude und Kraft sog. Wer war nur dieser amerikanische Investor und was tat er dort oben? Genoss er, während er aus seinem runden Fenster auf die Erde hinabblickte, die ganze Zeit über seine Macht oder war dieses Flugzeug womöglich ein Ort des Schreckens, so grauenhaft, dass er sich jeder Vorstellung entzog, mit Frauen und Kindern, die nackt und gefesselt, zum ständigen Missbrauch im dunklen, kalten Lagerraum des Flugzeuges, wimmernd an den Planken lagen? Was sollte denn ausgerechnet er einem solchen Menschen schreiben, der nur deshalb hin und wieder aus dem kleinen Fenster neben sich sah, um sich an dem Anblick seiner Mieter zu ergötzen, die, ihres Glückes beraubt, plötzlich bodenlos in der Luft zappelten. Komm mal her, my friend! Ich will dir eine Lektion erteilen. Siehst du den grauen Mann dort unten auf dem Bett? Seit langem rührt er sich kaum mehr. Angsterfüllt und gleichzeitig voller Hass und Verzweiflung blickt er zu uns hinauf, und der einzige Wunsch, der ihn beseelt, ist, dass unser Flugzeug noch in dieser Sekunde Feuer fängt und steil hinabstürzt. Aber sieh ihn dir genau an, my friend. Sieht so ein Mensch aus, der seinen Wünschen vertraut? Da musst ja sogar du schmunzeln. Deshalb klammert sich dieser Mensch auch an einen anderen Plan. Er will uns einen Brief schreiben. Ganz munter und selbstgewiss soll dieser Brief klingen.

Eine schöne Idee! Soll er doch machen! Wie jedoch, so frage ich dich, will ausgerechnet dieser fahle Mensch uns einen munteren und selbstgewissen Brief schreiben und was sollen wir überhaupt mit einem Brief? Schon jetzt quellen unsere Kästen über. Dort funktioniert eine Toilettenspülung nicht, da klappert ein Fenster. Dem einen hat es das Dach weggeweht, der andere lebt seit Jahr und Tag ohne Strom und Wasser. Natürlich versuche ich zu helfen, wo ich nur kann, und stemme auch mal einen Balken mit, aber natürlich doch nur, wenn ich das Gefühl habe, derjenige hat diese Hilfe auch verdient. Dieser Mensch dort unten aber wirft mir vor, ich hätte ihn und seine Frau entzweit. Da musst du wieder schmunzeln, my friend. Mir aber ist gar nicht nach Witzen. Was kann ich denn dafür, dass dieser dreiste Mensch dort unten seiner Frau, sobald sie abends von der Arbeit kommt und kaum ihre schwere Tasche von den Schultern hat gleiten lassen, anstatt ihr nun zum Beispiel aus den Schuhen zu helfen, versucht, die beste Freundin schlechtzureden. Was kann ich dafür, dass er sie fast jeden Abend, hat er erst seine Lippen ordentlich mit Wein benetzt, zu beschimpfen beginnt. Ahnt er denn gar nicht, was er an ihr hat, dieser hochmütige Mann? Ein Gesicht so schön wie der helle Mond und ein Blick, als ob die Sonne durch die Wolken bricht. Nicht uns, my friend, ihr müsste er einen Brief schreiben. Jeden Finger einzeln müsste man ihm brechen, diesem frechen Auswurf, wenn er sich nicht gleich erhebt und sich am Schreibtisch für diesen Brief sammelt. Den Kopf müsste man ihm mit einem Hammer einschlagen, wenn er nicht binnen Sekunden zärtliche Worte findet. Aber sieh noch einmal hinab. Glaubst du wirklich, dieser Mensch wird sich zu diesem Brief aufraffen? Niemals! Und deshalb bitte ich dich jetzt, mir Zettel und Stift zu bringen. Einen Brief will ich schreiben, auf den diese Frau im Stillen schon seit Jahren gewartet hat, einen Brief, der ihre Schönheit preist, einen Brief, mit dem ich mich ihr voller Liebe und Leidenschaft zu Füßen legen will, einen Brief, my friend, von dem sie die Augen nur lassen kann, um ihn sich an den schmachtenden Busen zu drücken.

Er fuhr aus dem Kissen hoch und starrte zum Schreibtisch hin. Warum rief seine Frau nicht an? Wo war sie? Lief sie mit wiegenden Hüften durch die Straßen und amüsierte sich? Ging sie das alles hier nichts mehr an?

Er griff sich ans Herz, und indem er dem Pochen nachspürte, sah er die runden Gesichter der beiden Arbeitskollegen seiner Frau vor sich, aber kaum dass er sie erschaut hatte, waren sie auch wieder lautlos zerstoben.

Er schüttelte den Kopf. Nein, von daher drohte keine Gefahr. Aber war er sich da wirklich so sicher? Sollte er nicht auch diesen Punkt heute Abend ansprechen? War das nicht sogar der Punkt, den er schon vor langem hätte ansprechen müssen!

Er atmete tief durch und sah wieder zum Schreibtisch hin. Würde es ihm überhaupt noch gelingen, den Worten seiner Frau Glauben zu schenken? Käme ihm nicht bereits die Art, wie sie ihm heute Abend gegenübersitzen würde, mit unschuldiger Miene in ihr Strickzeug vertieft, so ausgedacht vor, als wäre er in einen Film hineingestolpert? Er war doch längst Teil dieses Films! Wie lange mochte es wohl her sein, dass er sich zuletzt eines seiner eigenen Worte geglaubt hatte? Wochen, Monate oder sogar Jahre? Selbst wenn er der Nachbarin einen »schönen Tag« wünschte, die

Kinder fragte, wie es in der Schule war, dröhnten die Worte wie diktiert und so kalt aus ihm hervor, als fehlte ihnen die Wärme seiner Anwesenheit. Auch jetzt lag er so fremd wie aus Versehen verschüttet hier in diesem Bett. Oder war das nur auch ausgedacht? Hatte er sich wirklich zum Ziel dieses Tages gesetzt, dem amerikanischen Investor einen Brief zu schreiben, ein paar heuchlerische und beschönigende Zeilen, in der schalen Hoffnung, sich bei ihm anzubiedern? Glaubte er tatsächlich, auf diese Weise wieder Vertrauen zu sich und den eigenen Worten zu finden?

Er schüttelte wieder den Kopf. Das war doch alles nur ein Missverständnis, ein bösartiges Missverständnis, das sich von außen an ihn herangedrängt hatte. Von nun an würde er versuchen, was es auch koste, wahrhaftig zu sein. Statt immer nur tänzelnd zur Seite auszuweichen, würde er von nun an versuchen, mit jedem seiner Gedanken schrittweise nach vorn zu gelangen. Zu jeder Stunde, jeder Minute und jeder Sekunde würde er sich Ehrlichkeit abverlangen, und wenn seine Frau jetzt anriefe, dann würde er nicht, wie es ihm bereits auf der Zunge lag, mit verstellt munterer Stimme behaupten, er säße am Schreibtisch, sondern er würde aufrichtig sein und ihr sagen, dass er im Bett liegt, dass er schon fast den ganzen Tag im Bett liegt, dass er auch mittlerweile gar nicht mehr vorhabe, sich zu erheben, bis sie nicht endlich nach Hause gekommen sei, dass sie aber natürlich nicht deshalb kommen müsse, sondern weil er etwas Dringendes mit ihr zu besprechen habe, er sei nämlich jetzt zu allem entschlossen und habe auch schon einen Plan, den sie sich gefälligst anzuhören habe, aber nicht am Telefon, weshalb sie auch, ganz gleich, wo sie gerade sei, schleunigst nach Hause kommen solle, denn allein von ihrer Zustimmung oder Ablehnung dieses Planes hänge es jetzt noch ab, ob er weiterhin in Eintracht mit ihr zusammenleben oder ob er auch sie zukünftig zu seinen entschiedenen Feinden zählen werde.

Er sank auf das Kissen zurück. Sobald die Kinder und seine Frau aus dem Treppenhaus vernehmbar wären, würde er sich aus seinem Bett erheben und mit einem gewichtigen Schritt in den Flur hinaustreten. Die Kinder würde er nach einer kurzen Umarmung freundlich, aber bestimmt in ihre Zimmer beordern, und noch im Flur würde er seiner Frau seinen Plan erörtern. Du hast die Wahl, würde er enden, überlege es dir gut, und seine Frau würde, nachdem sie ihr ungläubig überraschtes Gesicht von ihm abgewandt hätte, sich mit beiden Händen auf die Kommode stützen und tief Atem holen. Dann würde sie, als sei er gar nicht da, sich Luft zufächelnd, an ihm vorüber ins Wohnzimmer gehen, und erst nachdem sie dort noch eine Weile gänzlich versunken am Tisch gesessen hätte, würde sie ihren Kopf zu ihm aufheben. Ist das tatsächlich dein Ernst? Einen weltweiten Aufruhr willst du gegen den amerikanischen Investor organisieren. Dieser Mann ist gefährlich! Dir ist doch hoffentlich bewusst, dass du damit nicht nur dein, sondern auch mein Leben und das unserer Kinder aufs Spiel setzt. Aber wenn du entschlossen bist, so bin ich es auch. Nur müssen wir Vorsichtsmaßnahmen treffen. Gleich morgen verschicken wir die Kinder zu den Großeltern und dann starten wir einen verschlüsselten Aufruf im Internet. Wir brauchen so viele Mitstreiter wie möglich. Hast du auch Zettel und Stift schon bereit? Warte, ich will nur noch schnell Zigaretten holen gehen. Das ist doch für uns beide ein Grund, endlich wieder mit dem Rauchen zu beginnen.

Er schloss die Augen. Mit der Dreistigkeit, dass ausgerechnet hier, in einem seiner eigenen Häuser, sein baldiger Sturz vorbereitet wurde, würde der amerikanische Investor niemals rechnen. Die ganze Wohnung umfunktioniert zu einem Quartier! Menschen aus aller Welt, die durch den amerikanischen Investor drangsaliert und gequält wurden! Trotzdem mussten sie ihren Aufruf im Internet zu ihrer eigenen Sicherheit unbedingt verschlüsseln. Die Wohnung böte ja auch gar keinen Platz für all die Menschen, die durch den amerikanischen Investor in Bedrängnis geraten waren. Zuerst galt es, einen harten Kern herauszuschälen, zehn, vielleicht zwanzig intelligente und ruhelose Mitstreiter, die sich, um erst einmal die Situation zu sondieren, hier in dieser Wohnung, bei verdunkelten Fenstern, durch dichten Zigarettenqualm, einander immer wieder harsch ins Wort fallend, endlose Debatten lieferten. Gemäßigte und Radikale, mit vom Kaffee zittrigen Händen und strähnigem Haar, die sich feindselig aus müden Augen über den Tisch hinweg beobachteten und die dann doch, wie plötzlich vereint, wieder das Gleiche fühlten, wenn einer von ihnen aufsprang, um, von einer plötzlichen Wallung ergriffen, seine Geschichte zu erzählen. Es ist ein paar Jahre her, dass der amerikanische Investor in mein Leben trat, und auch bei mir war dieser Beginn so unspektakulär, wie er es bei uns allen war. Ich fand eine Mitteilung im Briefkasten vor, dass unser Haus verkauft sei. Wenig später schloss das Fenster im Badezimmer nicht mehr. Erspart mir bitte die Details. Ihr habt sie alle selbst so oder ähnlich erlebt. Aber glaubt mir bitte, Freunde, wie leicht mir ums Herz wurde, als ich von euch erfuhr, dass ich, auch wenn einige von euch es nur im Geiste getan haben, nicht der Einzige war, der auf die Idee verfiel, dem amerikanischen Investor zu schreiben. Ungezählte Briefe sind es bei mir geworden. Erst jammernde, dann fordernde, dann wieder jammernde. Unser ganzes Leben war bald nur noch auf diesen Menschen ausgerichtet. All unsere Handlungen und Gedanken galten ihm. Jeden Tag hat meine Frau einen neuen Schokoladenkuchen gebacken, denn natürlich habe ich den amerikanischen Investor in jedem dieser Briefe zu uns eingeladen, damit er sich an Ort und Stelle unserer Situation erbarmt. Mit den Kindern habe ich Indianertänze eingeübt, die sie immerzu um den Esstisch vollführen mussten, und ihre Schulaufgaben haben sie vernachlässigt, weil ich jeden Abend mit ihnen aus Draht und Pappe Flugzeuge bastelte. Man konnte sich kaum noch bewegen, weil überall in der Wohnung, an durchsichtigen Fäden, diese Flugzeuge von der Decke hingen. Die Polster, auf denen wir nicht mehr saßen, die Betten, in denen wir nicht mehr lagen, waren bespickt mit amerikanischen Fähnchen, die wir aus Zahnstochern gefertigt und selbst bemalt hatten. Und wofür das alles? Nur um den amerikanischen Investor bei einem eventuellen Besuch milde zu stimmen. Meine Frau hat bald so viel Kakaopulver unter ihr Puder gemischt, dass mich ihr Geruch abstieß, sobald sie das Zimmer betrat. Seit Monaten betrachten wir uns nur mehr mit Arglist und Bosheit im Blick und dann habe ich euren verschlüsselten Aufruf im Internet gelesen und es fiel mir wie Schuppen von den Augen, dass man diesem Menschen nur im Kampf, Aug in Aug, begegnen kann. Ich zumindest bin zu allem entschlossen, und falls ihr jemanden sucht, der dieses Flugzeug aufrecht, mit einer Bombe im Gepäck, betritt, so habt ihr in mir diesen Mann gefunden. Dem amerikanischen Investor, Freunde, muss das Handwerk gelegt werden, und damit ihr euch noch einen weiteren Begriff von dem unendlichen Leid machen könnt, das der amerikanische Investor überall in die Welt gebracht hat, habe ich diesen Freund zu meiner Linken zu uns geladen. Er ist aus der Mongolei. Schaut ihn euch genau an! Seine Augen sind starr vor Schmerz und seine Geschichte ist gemeiner als jede andere Geschichte, die ihr bisher über die Untaten des amerikanischen Investors vernommen habt. Nur um noch ein Gefühl für die nächsten Stunden zu haben, bohrt er mit dem Messer immer tiefer in der immer gleichen Wunde seiner Hand. Aber jetzt hört und urteilt selbst. Es ist noch gar nicht lange her, da saß dieser Mann friedlich vor seiner Jurte und gerbte ein Fell, als plötzlich ohrenbetäubender Lärm die Luft erfüllte und gleich darauf, riesenhaft, ein Flugzeug vor ihm stand. Mit dem einen Flügel hatte es den Pfahl umgerissen, an den die Ziegen gebunden waren, die nun laut gen Himmel meckerten. Bald war aus allen Richtungen das ganze Dorf herbeigeeilt, aber es war trotzdem nur eine winzige Schar, die sich, die Köpfe staunend erhoben, vor dem Flugzeug einfand, denn außer unserem Freund, seiner Frau und seinen beiden Kindern lebten dort nur ein Greis und ein verirrter Schlittenhund, der mal bei ihnen, mal in der Jurte des Greises nächtigte. Bis zum Abend dieses Tages hatten sie keine Bewegung im oder um das Flugzeug herum bemerken können, und auch als sie am nächsten Morgen das Fell vor ihrem Eingang beiseiteschoben und hinaus vor das Flugzeug traten, stand es noch unverändert und wie verlassen da. Auch die folgenden Tage verstrichen, ohne dass etwas geschah. Mittlerweile war der Ziegenpfahl ein Stückchen weiter wieder errichtet worden und der Hund ging jetzt jeden Morgen an den Reifen des Flugzeuges, um ihn mit erhobenem Bein zu markieren. Plötzlich jedoch, am zwölften Tag, öffnete sich breit eine Luke und eine weiße Treppe wurde bedächtig auf den Boden hinabgefahren. Mit einem breitkrempigen Hut und spitzen Stiefeln an den Füßen schritt ein Mann herab, dem noch zwei weitere folgten, die, ihre Gesichter einander zugewandt, gebückt und mit nach unten ausgebreiteten Armen, einen übergroßen und unhandlichen Karton zwischen sich trugen. Der eine dieser beiden Männer trug einen schwarzen Anzug, der sich im kräftigen Wind weitete, der andere war sportlich gekleidet mit einer Pilotenmütze auf dem Kopf. Unten angekommen, setzten sie den Karton kurz ab, um sich über die Stirn zu fahren, bevor sie ihn wieder anhoben und in die Jurte hineintrugen. Als sie wieder heraustraten, bedeutete ihnen der Mann mit dem breitkrempigen Hut, sich einige Meter zu entfernen. Dann hockte er sich neben unseren Freund, der, über ein kleines Feuer gebeugt, das ihm die Hände wärmte, alles mit unbewegtem Gesicht verfolgt hatte, und sprach zu ihm: Du bist ein guter Mensch. All die zwölf Tage, die ich jetzt schon mit meinem Flugzeug auf deinem Grundstück stehe, hast du nichts wider mich unternommen, und deshalb will ich dich jetzt mit einem Geschenk belohnen. Es ist eine Badewanne aus reinster Emaille, die du von nun an dein Eigen nennen darfst. Mein Diener wird dir gleich aus unserem Flugzeug ein paar Eimer mit heißem Wasser bringen und dann weihst du die Badewanne ein. Wunderbarer Seifenschaum wird sich auf der Oberfläche türmen, und wenn du dich dann zur Genüge entspannt hast, lasse ich durch meinen Diener noch einmal heißes Wasser nachgießen, denn auch deine Frau wird in der Wanne baden wollen, und heute Abend, wenn ich wieder über den Wolken bin, werdet ihr duftend beieinandersitzen und euch mit Entzücken betrachten. Doch das ist noch nicht alles. Auch für eure Kinder habe ich eine Überraschung, die ihnen Freude machen wird. Sie sollen …

Er öffnete die Augen, wandte den Kopf zur Seite und sah zum Hund hin, der im Begriff war, sich aufzurichten. In der Mitte durchhängend und den Blick trübe zu Boden gerichtet, ging ein tiefer Seufzer durch den Hund hindurch, der ihm die Lefzen für einen Moment aufblähte. Dann sank er wieder nieder.

Er wandte den Kopf zurück und rieb sich die Augen. War das der Hund, der noch vor gar nicht langer Zeit immerzu lebhaft und aufmerksam zu ihm hinaufgesehen hatte und schon die beiläufigste Ansprache mit ungezähmter Lust beantwortete? War es seine eigene Schwermut, die sich auf den Hund übertrug, oder spürte der Hund instinktiv und stärker noch als jeder andere von ihnen das Verderben, auf das sie zusteuerten? Roch der Hund vielleicht die Gefahr, in der sie schwebten, und warum war es eigentlich so still im Zimmer? War das die Stille, die ihn auch zukünftig erwarten würde? Hatte seine Frau ihn wirklich verlassen? Hatten sie und die Kinder sich bereits von ihm verabschiedet, ohne dass er es bemerkt hätte? Oder wollte seine Frau ihn bestrafen? Warum sprach denn niemand mit ihm! Sie konnte ihn doch nicht allein zurücklassen, hier in diesem Zimmer, schutzlos dem amerikanischen Investor ausgeliefert!

Er hob die Hand und drehte sie vor seinen Augen. Er war doch nicht der einzige Mensch, der in die Klauen des amerikanischen Investors geraten war. Wie erging es denn den vielen Tausend anderen? Stritten sie auch mit ihren Partnern? Blickten sie auch gerade teilnahmslos an die Decke? Hatten sie sich auch bereits im Stillen damit abgefunden, unter den Augen des amerikanischen Investors vor Unglück zu sterben? Oder führten sie ihr Leben wie gehabt weiter? Schüttelten sie, indem sie morgens in aller Frühe aus dem Bett sprangen, den amerikanischen Investor von sich ab, scheuchten sie ihn, wenn er ihnen am Tag erschien, mit lauter Drohgebärde von sich fort, saßen sie vielleicht allabendlich in großer, fröhlicher Runde beisammen, um über den amerikanischen Investor zu witzeln, seine albernen Stiefel, seine dumpfe Aussprache, seine schlechten Zähne? Warum hatte sich noch keiner dieser Menschen ihm offenbart? Wo konnte er diese Menschen finden und gab es sie überhaupt? Warum war er so allein? Erschien ihm jeder Kampf von vornherein deshalb so aussichtslos, weil die ganze verheerende Aufmerksamkeit des amerikanischen Investors allein ihm galt? War das der Grund, weshalb er nicht einmal mit seiner Frau über den amerikanischen Investor sprechen konnte? Oder war die Geschichte noch niederträchtiger? Kannte seine Frau den amerikanischen Investor etwa? Hatte sich der amerikanische Investor an sie herangemacht und hatte sie seinen Blick sogar unter leichtem Erröten erwidert? Ein sonniger Tag! Aus einem Tross von Architekten, Verwaltern, Politikern und Journalisten, die gerade unten im Hof das neu erworbene Eigentum bewundern, ragt, mit seinem breitkrempigen Hut, der amerikanische Investor hoch empor. Und dann steigt mit einer anmutigen Bewegung in ihrem geblümten Kleid diese rothaarige Schönheit vom Fahrrad. Ein flüchtiges Lächeln und schon war es geschehen. Vielleicht flog das Flugzeug des amerikanischen Investors heute ohne ihn. Vielleicht lief der amerikanische Investor in diesem Moment, während die Kinder im Kino hinter riesigen Popcorneimern verschwanden, mit seiner Frau Hand in Hand durch die Straßen. Vielleicht bogen sie just in dieser Sekunde in ein nächstgelegenes Gebüsch. Vielleicht zog in diesem Gebüsch seine Frau gerade jetzt seinen Brief aus ihrer Bluse hervor, um ihn dem amerikanischen Investor zu überreichen.

Er atmete tief ein. Für diesen Brief fehlte ihm doch mittlerweile jede Willenskraft. Er war doch längst ein gebrochener Mann und nichts anderes hatte der amerikanische Investor bezweckt. Er war das Opfer, das der amerikanische Investor sich auserkoren hatte. Unter Millionen von Menschen hatte es ihn getroffen. Weder seine Frau noch seine Kinder, er allein war das Objekt einer finsteren Begierde. Vermutlich hatte der amerikanische Investor unter Einsatz immenser finanzieller Mittel dies alles von langer Hand geplant. Wer bewies ihm denn, dass der vorherige Hausmeister tatsächlich entlassen worden war? Ebenso konnte er dazu abkommandiert sein, ihn zu beobachten. Vielleicht hielt die Nachbarin den amerikanischen Investor jede Nacht per Morsezeichen über seinen sich stetig verschlechternden Zustand auf dem Laufenden. Vielleicht würde noch in dieser Stunde die Tür aufgehen und der amerikanische Investor würde ihn schweigend hinter sich her aus der Wohnung herauswinken, einen Menschen, dem jede Selbstachtung abhandengekommen war, ein Diener, untertänig wie ein Hund, der gewissenlos jeden Wunsch seines Herrn erfüllte, weil nur so die qualvolle Leere seiner eigenen Tage für Momente zerstob.

Er sah zur Glühbirne hinauf. Würde er seine Frau und seine Kinder dort oben vergessen können, oder würden sie manchmal vor ihm aufblitzen, ein vergangenes Leben, unwirklich wie die Erinnerung an einen freien Tag? Dürften seine Kinder ihn hin und wieder besuchen und würden sie verstehen, was mit ihm geschehen war? Mr Investor, ist das unser Vater, der fremde Mann, der uns immer die Tür öffnet und uns auf einem Tablett ein Stückchen Schokolade reicht? Sind Sie denn mit ihm zufrieden? Wissen Sie, sowohl meine Schwester als auch ich, wir können uns am besten daran erinnern, wie er aussah, wenn er schlief.

Er schnellte mit dem Oberkörper in die Höhe. Er musste wieder zu Kräften kommen. Jetzt gleich musste er wieder zu Kräften kommen. Aus seiner eigenen Asche würde er auferstehen, wenn der amerikanische Investor ihn jetzt holen wollte. In der Matratze würde er sich festbeißen. Durch wie viele Täler war er schon in diesem Zimmer gegangen! Wie oft hatte er schon gedacht, zerschmettert am Boden zu liegen, um nur wenig später überschäumend das Leben zu feiern. Sollte doch der amerikanische Investor ruhig kommen! In diesem Zimmer hätte er keine Freude. In diesem Zimmer würde er dem amerikanischen Investor Feuer entgegenspeien und ihm den Mietvertrag um die Ohren hauen!

Er sank wieder auf das Kissen nieder und blickte zur Glühbirne hinauf. Hatte der amerikanische Investor als gesetzmäßiger Eigentümer eigentlich das Recht, ihm diesen Mietvertrag aus der Hand zu nehmen und vor seinen Augen zu zerreißen? Welche Handhabe hätte er gegen den amerikanischen Investor, wenn dieser plötzlich verkündete, er wolle jetzt in diese Wohnung ziehen? Vielleicht war, nach all diesen ruhelosen Jahren, für den amerikanischen Investor jetzt der Zeitpunkt gekommen, sich niederzulassen. Vielleicht hatte er sich Berlin als Wohnort erwählt, weil ihn diese unbelebte Stadt an die Öde über den Wolken erinnerte.

Er wandte den Kopf um und sah zur Tür, die ins Wohnzimmer führte. Wenn nicht diese Wohnung, welche sollte sich der amerikanische Investor denn sonst auserkoren haben. Diese Wohnung war das Prunkstück des gesamten Gebäudekomplexes!

Er sank auf das Kissen zurück. Wie oft hatten seine Frau und er an langen Abenden gemeinsam vor sich hin geträumt, was man alles, mit den nötigen finanziellen Mitteln, aus dieser Wohnung machen könnte. Die Raufasertapete könnte man aus allen Räumen entfernen und die rohen Wände weißeln. Den Stuck aufarbeiten und ihn dann farbig absetzen. Nach einer Grundsanierung könnte man das Bad zum Beispiel auf toskanische Weise kacheln und sich auch in den hinteren Trakt Parkett legen lassen. Man könnte die Räume aber auch umstrukturieren. Die Küche ins Wohnzimmer vorziehen, dahinter ein Bad mit einem ausgedehnten Saunabereich. Oder man könnte, wo jetzt die Küche ins hintere Treppenhaus überging, eine großzügige Dachterrasse anlegen, mit Palmen, die hoch in den Himmel schossen – Liegestühle mit Sektkübeln daneben, ein sprudelnder Pool in der Mitte, vergnügtes Geschrei und klingendes Lachen, ein Auf und Ab gut gelaunter Menschen, rote Lippen und helle Handtücher, ein Naherholungsgebiet für Weltreisende, köstliche Pralinen in goldenem Papier und er mitten dazwischen, das Tablett auf der flachen Hand. Habe ich Ihnen schon meinen neuen Diener vorgestellt? Bring doch meiner Freundin bitte einen Martini, und da er sich nun hinabbeugte, um der barbusigen Dame von der Hausverwaltung das Getränk hinunterzureichen, würde sie ihre dunkle Brille kurz liften und sich zu dem amerikanischen Investor aufrichten. Mir ist, als sei mir Ihr neuer Diener bekannt. Bin ich ihm vielleicht schon mal begegnet? – Das kann ich mir eigentlich nicht vorstellen. Aber vielleicht doch. Wissen Sie, Teuerste, man glaubt es kaum, doch dieser Diener war in seinem vorherigen Leben ein Schriftsteller. – Ein Schriftsteller! Wie interessant! Jedoch nicht ohne Risiko. Und trägt er noch etwas von einem Freigeist in sich? – Einem Freigeist? Ach was! Überhaupt nicht. Er ist ein herrlicher Diener! Völlig selbstlos und froh über jeden Auftrag, glücklich über jede Sekunde, die man ihn nicht sich selbst überlässt. Wissen Sie, ich bin durch einen Brief auf ihn aufmerksam geworden, den er mir selbst geschrieben hat. In diesem Brief, der von orthographischen Fehlern nur so wimmelte und dazu in einem larmoyanten und leider auch geschwätzigen Ton abgefasst war, berichtete er mir von einer inneren Not, die ihn aus nahezu tausend Gründen, die ich selbstverständlich alle geflissentlich überlesen habe, derzeitig umfangen hielt. Dennoch war da etwas in dem Brief, das mich zwischen den Zeilen hat aufmerken lassen, als sei dieser Mensch auf der Suche nach einer ihm bis dahin unbekannten Erfüllung, einer Erfüllung, die er sich, auch wenn seine Worte regelrecht stur das Gegenteil bezeugen wollten, von mir erhoffte. Deshalb schrieb ich ihm zurück und ließ ihn auf einem einsamen Rollfeld in mein

Flugzeug steigen. Was für ein Glücksgriff! Der Anzug, den ich ihm verpasste, saß sogleich vortrefflich, und bis zum heutigen Tag hat er keine meiner Erwartungen unterlaufen. Im Flugzeug findet er keinen Frieden. Unruhig treiben ihn seine Beine auf und ab. Die ganze Zeit nestelt er dabei an seinem Fallschirm herum, und wenn ich dann meinen Finger senke, eilt er befreit, wie aus einem Albtraum erwacht, auf die Klappe zu. »Entmieten!«, schreit er. »Soll ich alles da unten entmieten!« Und kaum, dass ich ihm zugenickt habe, saust er schon mit grimmigem Gesicht in die Tiefe hinab und seine Kinder blicken ihm stolz und ungläubig hinterher. Über Tage hinweg schauen sie hinab, ob sie ihn noch irgendwo erblicken, und erst wenn wir ihn aus einem Meer oder von einem Berg wieder einsammeln, leuchten ihre Augen wieder auf. Staunend betrachten sie seine Blessuren, die Schwellungen und Schürfungen auf der Haut, die kleinen Schnitte und tiefen Wunden, und kurz nimmt er sie in seine Arme, bevor er sich dann mit ihnen vor mir niederlässt und trotz seiner Müdigkeit mit strengem Blick prüft, ob sie auch während seiner Abwesenheit meine Schuhe ordentlich geputzt haben. Ach Teuerste, so viel könnte ich Ihnen von diesem Diener erzählen, ein Buch würde nicht ausreichen, aber ich muss mich jetzt leider entschuldigen. Oder haben Sie kein Geräusch aus dem Flur vernommen? Ist da nicht gerade eine schwere Tasche auf den Boden gefallen? Wissen Sie, meine Zukünftige sieht es nicht gern, wenn ich mich anderen Frauen zu dicht nähere. Ein Mordsweib, sage ich Ihnen. Ein mindestens ebenso guter Fang wie dieser Diener. Aber eifersüchtig kann sie werden und böse kann sie sein. Dann wieder wie ein Kätzchen. Nur mir zuliebe trägt sie nur noch Höschen, die mir gefallen. Ich bevorzuge ihre Höschen nämlich ouvert. Aber das bleibt natürlich entre nous.

Er stöhnte auf und öffnete die Augen. Lag er noch immer im Bett? War er noch immer allein?

Er hob den Kopf, ließ ihn wieder sinken und sah zur Decke hinauf. Gräulich entfloh sie seinem Blick. Nur die Glühbirne war noch fest umrissen, und er wandte sein Gesicht um. In der Ecke stand der Ofen und unter der Tür zum Wohnzimmer quälte sich ein schmaler Lichtschein hindurch. Das war bereits die Abendsonne. Auf seinen Sessel schien sie und auf den kleinen Tisch, auf dem er immer sein Weinglas absetzte. Auf den Zollstock schien sie, mit dem er seine täglichen Messungen vornahm, und auf das Bücherregal.

Er schloss die Augen. Würde er diesen Raum jemals wieder betreten? Würde er jemals wieder in seinem Sessel sitzen und dem Radio lauschen? Wie würden seine Tage von nun an aussehen? Würde er sich auch weiterhin zweimal täglich die Zähne putzen? Würde er am Morgen die Brotboxen der Kinder aus dem Kühlschrank nehmen, um sie am Abend wie selbstverständlich wieder aufzufüllen? Würde er nachts an ihre Betten treten und sich mit einem Kuss auf den Lippen zu ihren leeren Kissen hinabbeugen? Oder würde er Tag und Nacht mit einem seligen Lächeln im Gesicht still dasitzen, den Kopf leicht schief gestellt, als lauschte er gerade ihren dünnen Stimmen nach? Würde nicht alles in dieser Wohnung ihn immerzu an sie erinnern? Die Möbel, auf denen sie immer herumgeturnt waren, die Türen, die sie immer so laut zugeschlagen hatten, die Böden, die so lange von ihren stampfenden Schritten erschüttert worden waren, die Wände mit den Abdrücken ihrer schmutzigen Hände. Würde er sich nicht an all das immerzu anlehnen wollen, in schmerzlicher Zärtlichkeit, und würden die rohen Menschen, die irgendwann kämen, um mit ihren schaufelartigen Händen die Wohnung auszuräumen, ihn dann überhaupt noch bemerken? Könnte er hier nicht einfach fortleben, teilnahmslos und unauffällig zugleich, fern von dem, was ihn zukünftig umgab, zwischen den Fugen der Dielen oder im Mörtel der Wände versteckt, den Blick grau und verklärt in die Erinnerung geworfen? Er hatte sich doch schon längst von allem verabschiedet, Leid und Freude waren von ihm abgefallen, Eitelkeit und Ehrgeiz über ihn hinweg in unbekannte Reiche galoppiert, und nichts, außer dem Anblick seiner beiden schlafenden Kinder, dem Anblick des gutmütigen und verständnisvollen Lächelns seiner Frau, würde von nun an in ihm fortleben. Wie einen Schatz würde er diese winzige, friedliche Welt ohne Unterbrechung vor sich in den offenen Händen halten, eine Welt, die unter seinen Tränen nur noch schöner erblühen würde, eine Welt, die ihm niemand mehr würde nehmen können.

Er wandte den Kopf zurück und sah zur Glühbirne hinauf. Dann schloss er die Augen. Waren der amerikanische Investor und er womöglich Seelenverwandte? Hatte sich der amerikanische Investor nur deshalb in die Luft erhoben und hielt sich so fern der Menschheit auf, damit auch er das Leben für sich verklären konnte? Vielleicht blickte der amerikanische Investor von dort oben mit unendlicher Liebe auf die Erde hinab. Vielleicht empfand der amerikanische Investor in seinem Flugzeug die gleiche Sehnsucht nach der Welt, die er gerade nach seiner Frau und seinen Kindern empfand, eine Sehnsucht, die, sobald er irgendwo landete, erst in Enttäuschung, dann in Hass und Selbstverachtung umschlug, so, als würde sich noch in dieser Sekunde die Tür öffnen und seine Frau träte mit vorwurfsvoller Miene an sein Bett, so, als würden die Kinder mit harten Füßen über ihn hinweg auf seiner Matratze toben. Vielleicht hing der amerikanische Investor dort oben in seinem bequemen Sitz wie trunken einem göttlichen Gedanken nach, einem Gedanken, der sich ihm nur deshalb erschloss, weil er nie versucht hatte, ihn auf Papier zu bringen. Vielleicht war der amerikanische Investor ein kleiner Junge, der dort oben an der Hand seiner Mutter mit staunenden Augen durch exotische Gärten wandelte. Vielleicht hatte er diese ewige Reise nur angetreten, um sich einem versprochenen Kuss zu nähern. Vielleicht war der amerikanische Investor dort oben in seinem Flugzeug genauso verloren gegangen wie er hier unten in seiner Wohnung. Vielleicht blickte der amerikanische Investor gerade aus seinem kleinen, rundlichen Fenster zu ihm hinab, mit der gleichen Dumpfheit und Hoffnungslosigkeit, mit der er an die Decke starrte. Vielleicht schämte sich der amerikanische Investor schon seit Wochen vor dem Blick seines Dieners und wagte kaum ein Wort zu ihm zu sprechen, weil ihn die Nichtigkeit seiner eigenen Stimme erschütterte. Vielleicht ekelte den amerikanischen Investor, sobald er an sich hinabblickte, die eigene Körperlichkeit. Vielleicht aß er keine Schokolade mehr, weil er sich einbildete, er hätte sie nicht verdient. Vielleicht hoffte der amerikanische Investor, sobald er die Augen schloss, er wäre nun endgültig verschwunden. Vielleicht spürte er, wenn er einmal zu lächeln versuchte, ein fremdes Ziehen in den Mundwinkeln. Vielleicht tastete sich der amerikanische Investor schon seit Monaten auf der Suche nach einem verständnisvollen Blick durch dichten Nebel hindurch. Vielleicht waren der amerikanische Investor und er dazu bestimmt, sich aneinander aufzurichten, zwei Luftgänger, die sich nun endlich begegnet waren und nun nur noch Worte füreinander finden mussten, Worte des Trostes und des Austausches, Worte, die Irrtümer mit ihrer leuchtenden Klarheit aus der Welt schafften und ihrer beider Herz wieder zum Schlagen brachten. Warum raffte er sich nicht endlich auf und setzte sich an den Schreibtisch! Musste er erst noch Tränen vergießen? Das konnte er doch auch später über dem leeren Blatt! Einen Brief würde er schreiben, wie ihn noch niemand bisher erhalten hatte, einen Brief, mit dem er sich nicht nur für immer in das Herz der Welt, sondern gleichsam auch, wenn er noch einmal Gelegenheit fände, ihr diese Zeilen vorzulesen, in das Herz seiner Frau einschreiben würde.

Er öffnete die Augen. Liebte seine Frau ihn noch und wäre sie überhaupt bereit, sich von seinen Worten verführen zu lassen? Oder war er ihr längst unwirklich geworden? Woher wollte er eigentlich in seiner derzeitigen Verfassung die Kraft für einen Brief nehmen, der ihre Aufmerksamkeit verdiente? Wie sollten denn aus diesen kläglichen und leblosen Gedanken, die ihn Tag und Nacht in völlige Blindheit hüllten, mit einem Mal spannende Sätze werden? Sein Zustand ließ sich doch nicht verheimlichen. Ganz gleich, wie er diesen armseligen Brief vortragen würde, ob glühend, mit geschwellter Stimme und aufgeregt dabei mit den Armen schwenkend oder gewollt nüchtern, mit ernstem Blick und regungslos, in dem einen wie dem anderen Fall würde seine Frau schon bald gelangweilt zur Decke hinaufsehen. Sie hörte ihm doch ohnehin nicht mehr zu. Sobald er seine

Stimme erhob, um zu ihr zu reden, blickte sie so gequält, als hätte sich ein störendes Geräusch im Raum verfangen, und immerzu schien es ihm, während er zu ihr redete, als wolle sie sich umsehen, als betete sie innerlich, dass doch bitte ein weiterer Mensch den Raum betreten möge, ein frisches Gesicht mit frischen Gedanken und Augen, in denen es sich selbst sinnenverwandt und fröhlich spiegeln ließ. Nicht nur niederschmetternd, auch beschämend war es für ihn zu sehen, wie sehr seine Frau aufblühte, sobald sich ihnen auf der Straße oder im Treppenhaus ein Dritter näherte. Wie ausgewechselt fing sie auf einmal an, lebhaft zu plaudern und ihr Gesicht zeigte sich plötzlich so offen, als wäre sie gerade aus einem miefigen Raum an die frische Luft hinausgetreten. So war es zum Beispiel auch, als sie neulich, oder war es doch schon ein paar Wochen her, in der Kneipe zufällig diesen jungen Schriftstellerkollegen angetroffen hatten. Weder so neugierig noch so aufgeschlossen hatte er seine Frau jemals zuvor gesehen. Am Ende waren dem jungen Schriftstellerkollegen und seiner Frau die Worte so frisch und beschwingt aus dem Mund geperlt, als wollten sie sich Kusshände zuwerfen. Dabei war der junge Schriftstellerkollege, anfangs zumindest, viel mehr an ihm interessiert. Aber was hatte er an diesem Abend eigentlich gesagt und hatte seine Frau auch nur einmal zu ihm hingesehen, wenn er das Wort ergriffen hatte? Schweigend waren sie an diesem Abend nebeneinanderher nach Hause gegangen. Aber warum erinnerte er sich jetzt daran?

Er schreckte hoch. Hatte sich seine Frau vor der Haustür nicht sogar noch einmal in Richtung der Kneipe umgeschaut? Vielleicht waren seine Frau und die Kinder gar nicht so weit weg. Hatte der junge Schriftstellerkollege an diesem Abend nicht auch erzählt, er wohne nur ein paar Häuser von ihnen entfernt? Vielleicht saßen seine Frau und die Kinder bei ihm in der Wohnung und sahen mit leuchtenden Augen zu ihm hinauf, weil er ihnen gerade seinen neuesten Prosatext vorlas. Vielleicht drehte er just in dieser Sekunde das letzte Blatt auf die leere Seite. So, Freunde, das war es für heute. Die Kinder dürfen sich jetzt ihre Chipstüten aufmachen und wie versprochen den Film gucken und eure Mutter und ich gehen für eine Weile nach nebenan. Einverstanden?

Er sank wieder nieder. Es war ja fast anzüglich gewesen, mit welcher Hingabe seine Frau an diesem Abend an den Lippen des jungen Schriftstellerkollegen gehangen hatte, der sie, kaum dass sie am Tisch Platz genommen hatten, erspäht und sich unaufgefordert zu ihnen gesetzt hatte. Die Laune zum Feiern hatte er auch gleich mitgebracht. Vor kurzem war sein erstes Manuskript bei einer Agentur angenommen worden, und was die ersten Resonanzen der Verlage betraf, ließ sich schon jetzt Erfreuliches ahnen. Nur warum hatte seine Frau daran so viel Anteil genommen? Mehrmals hintereinander hatte sie ihr Glas erhoben, um ihm zuzuprosten. Das ist ja toll!, hatte sie immer wieder ausgerufen. Er wisse natürlich nicht, ob es tatsächlich ein großes Buch sei, was er da geschrieben habe. Aber selbstverständlich wolle er sich über diese Reaktionen auch nicht beschweren. Er nehme sie einfach als Ermunterung. Das Buch nämlich, an dem er derzeit schreibe, würde er noch weit über das stellen, das gerade bei der Agentur läge. Noch drei Bier bitte!, hatte der junge Schriftstellerkollege gerufen. Die hatte am Ende alle seine Frau bezahlt. Die ganze Euphorie des jungen Schriftstellerkollegen hatte sie am Ende mit großzügiger Geste geschultert. Hatte er ihr nicht deshalb am nächsten Tag sogar noch Vorhaltungen gemacht? Hatte er sie nicht sogar mehrmals darauf hingewiesen, dass man von diesem Geld, das ihr an diesem Abend so freigiebig durch die Hand geflossen war, beiden Kindern zum Herbst hin jeweils ein Paar Gummistiefel hätte kaufen können? Der Stoff gehe ihm einfach nie aus, hatte der junge Schriftstellerkollege gesagt, weil er das Glück einer spannenden Biographie habe. Aber was heiße das schon! Auch er müsse sich jeden Tag an den Schreibtisch setzen. Wenn man sich nur ein wenig zusammenreiße, war er plötzlich bedächtig fortgefahren, als ginge es darum, eine Lehrmeinung festzusetzen, sei eine Seite am Tag immer drin. Das allein ergebe, wie er jetzt vorgerechnet hatte, in dreißig Tagen dreißig Seiten. Immerhin!, hatte er ausgerufen. Noch drei Bier bitte!, hatte er gerufen. Obwohl er erst seit fünf Wochen daran arbeite, sei auch das neue Manuskript bereits daumendick. Zunächst aber müsse er jetzt abwarten. Die Verhandlungen führe allein die Agentin. Er konzentriere sich ganz auf das Schreiben. Noch drei Bier bitte und ein anderes Thema. Er wolle ja gar nicht so viel von sich reden. Das sei ja alles nur eitel und unwichtig. Was er ihnen beiden nämlich schon längst habe sagen wollen, sei, was sie doch für bezaubernde Kinder hätten. Mehr könne man im Leben vermutlich nicht erreichen und natürlich strebe auch er dieses Glück an, nur sei seine Beziehung leider vor einem halben Jahr daran zerbrochen, dass er schlichtweg zu viel gearbeitet habe. Dabei habe er seine Freundin geliebt. Aber was ist Liebe? Er sei sich nicht sicher, ob er das bereits erfahren habe. Schön sei es, sie beide hier, heute Abend, zufällig zu treffen. Noch drei Bier bitte! Es würde ihn auch immer freuen, wenn er einem von ihnen auf der Straße begegnete. Er habe jetzt auch endlich, der junge Schriftstellerkollege hatte ihm plötzlich ganz fest in die Augen geblickt, in zwei seiner Bücher hineingelesen, die er übrigens äußerst günstig übers Internet erstanden und die er deshalb so interessant gefunden habe, weil sie so diametral zu seinen eigenen seien. Ob er noch immer an dem Kinderbuch arbeite, das mit dem Briefe schreibenden Hund, von dem er ihm vor ein paar Monaten auf der Straße erzählt hatte? Was hatte er da eigentlich geantwortet? Hatte er von seinen Schlafstörungen berichtet oder von seinen Schreibhemmungen? Hatte er vielleicht mit leiernder Stimme lang und breit begonnen, das Wohnungsproblem zu erörtern? Hatten seine Frau und der junge Schriftstellerkollege, während er noch vor sich hin jammerte, nicht längst in ein interessantes Gespräch hineingefunden? Noch drei Bier bitte! Waren seine Frau und der junge Schriftstellerkollege, während er plötzlich mit altkluger Miene vor sich hin referierte, dass es zwischen zwei Sätzen Phasen einer längeren Schreibabstinenz, Phasen des Aufbaus und Aufbruchs geben müsse, nicht schon tief in die aufregende Kindheit des jungen Schriftstellerkollegen hinabgestiegen? Hatte seine Frau nicht sogar peinlich berührt weggeschaut, noch drei Bier bitte!, als er plötzlich über die Einsamkeit am Schreibtisch klagte, von der Schwierigkeit der Stoff- und Wortfindung sprach, von Kränkungen und wunden Punkten, der barbarischen Ignoranz, über die er nun schon sein ganzes Schriftstellerleben lang hinwegstolperte, und hatte der junge Schriftstellerkollege nicht immer wieder kurz zu ihm hingesehen, ihm die

Hand auf die Schulter gelegt und ihn mit schnellen Worten ermuntert, bloß nicht aufzugeben, sondern einfach weiterzuarbeiten, und wenn es auch nur eine Seite sei, die er am Tag schaffe, so seien es doch in sieben Tagen schon sieben Seiten und in elf Tagen elf Seiten und noch drei Bier bitte. Die reizende Dame an meiner Seite hat Durst! Was beklagt sich dein Mann eigentlich die ganze Zeit. Er hat doch zwei bezaubernde Kinder und eine Frau, die ich, das bitte ich jetzt nicht misszuverstehen, wenn sie nur ein wenig jünger wäre, vor seinen Augen hinweg in meine Wohnung entführen würde. Warum schweigt dein Mann nicht einfach und lauscht ein wenig unserer charmanten Plauderei? Ich fühle mich ja geradeso wie ein Araber, dem man einen Eissturm zu erklären versucht. Mich schaudert zwar, aber ich verstehe nichts. Ist das Literatur? Kannst du nicht deinem Mann sagen, dass er, wenn er schon immerzu reden muss, dies doch bitte etwas leiser tun könnte? Sonst verpasst er in seinem Kopf womöglich, was ihm sein Hund als Nächstes zuflüstern möchte.

Er schnellte hoch und sah zum Schreibtisch hin. Das Kinderbuch, entfuhr es ihm. Warum hatte er nicht an dem Kinderbuch weitergearbeitet? Warum war er in all diesen vergangenen, haltlosen Wochen nicht einmal auf die Idee gekommen, an dem Kinderbuch weiterzuarbeiten? Wenn er konsequent und konzentriert und mit der nötigen Freude an dem Kinderbuch weitergearbeitet hätte, dann würde er es vermutlich jetzt, in diesen Wochen, beendet haben. Mehr als siebzig bis neunzig Manuskriptseiten hatte er doch gar nicht geplant! Vielleicht hätte er mit seiner Frau, just an diesem Abend, im Wohnzimmer auf die Fertigstellung der ersten Fassung des Kinderbuches mit einem

Glas Sekt angestoßen. Vielleicht hätte er bereits einen Vertrag. Vielleicht wäre er heute Abend mit dem frisch eingetroffenen Vertrag in der Hand seiner Frau entgegengetreten und hätte, indem er ein Lächeln unterdrückte, auf eine Vorschusssumme gedeutet, die ihre Augen staunend hätten aufglänzen lassen. Vielleicht wären sie anschließend alle vier in ein teures Restaurant gegangen. Sucht euch das Beste aus, Kinder! Ihr wisst ja, dass es mir leidtut, dass ich wegen des Kinderbuches in den letzten Monaten so wenig Zeit für euch hatte, aber jetzt bin ich wieder ganz für euch da.

Er schloss die Augen. Ob es ihm wohl gelungen wäre, das Buch so zu schreiben, dass er sich nicht schon jetzt, in diesen Wochen, abgrundtief dafür hätte schämen müssen? Ein Buch für Kinder über einen Hund, der seiner Hundefreundin Briefe schrieb. Was war daran eigentlich so verwerflich! Diese Arbeit, wenn er sie nur fortgesetzt hätte, hätte ihn womöglich sogar innerlich erhellt. Was für ein Ethos diktierte ihm eigentlich immer stupide diese Schwere, vor der ihm derzeit, wenn er nur an sie dachte, die Knie zitterten? Mochte sich doch der junge, hochfahrende Schriftstellerkollege insgeheim über diese Idee lustig machen und stundenlang per Handy mit seiner Agentin gehässig über sie witzeln, am Ende zählte doch nur der Erfolg!

Er riss die Augen auf. Warum sprang er nicht aus dem Bett! Er konnte dieses Buch doch immer noch zu Ende schreiben!

Er sah auf seine Hände hinab. War diese Geschichte die Mühe wirklich wert, und wie sollte er ohne die Kinder wieder in die Geschichte hineinfinden? Diese Geschichte hatte doch erst durch die Kinder gelebt! Bereits im Winter, die Idee war kaum in ihm aufgekeimt, hatte er den Kindern davon erzählt. Er hatte sie sogar um ihre Hilfe gebeten. In feierlichem Tonfall hatte er sie irgendwann im Januar um sich versammelt. Kinder, hatte er gesagt, ich habe eine schöne Aufgabe für euch. Ihr müsst mir helfen, Missgeschicke zu sammeln. Ich will nämlich ein Buch schreiben, das nur aus Briefen besteht, die von einem Hund verfasst sind, der natürlich auch die Hauptfigur dieses Buches sein soll. Dieser Hund, Kinder, lebt immer nur im Kreise seiner Familie und hat deswegen auch keine Hundefreunde. Der einzige andere Hund, den er kennt, ist ein Hundeweibchen, das ein paar Blöcke weiter wohnt. Dieses Hundeweibchen findet er natürlich ganz toll, und weil er so viel Zeit hat, nimmt er sich vor, ihr Briefe zu schreiben. Das stellt sich dann aber schnell als schwieriger heraus, als er gedacht hat. Der Hund weiß nämlich nicht, worüber er schreiben soll. Weder erlebt er etwas Spannendes, noch wüsste er etwas Aufregendes über sich selbst zu berichten, und aus dieser Not, Kinder, verfällt der Hund, um sich interessant zu machen, darauf, sich Missgeschicke auszudenken, die er dem Hundeweibchen so schildert, als seien sie ihm wirklich widerfahren. Versteht ihr, was ich meine? Natürlich Papa!

Er rieb sich über die Stirn. Hatte er damals im Winter zu viel von den Kindern erwartet? Hatten sie ihn vielleicht sogar enttäuscht? Begeisterungsfähigere Helfer hätte er sich doch gar nicht wünschen können. Über Wochen hinweg sahen sie ihn am Abendbrottisch mit leuchtenden Augen an. Papa, denken wir uns gleich im Bett wieder ein paar Missgeschicke aus? Was hatte ihm so schnell die Freude an den Erzählungen der Kinder genommen, dass er bald allabendlich mit einem gequälten Lächeln zu ihnen hinsah, während sie aufgeregt auf der Matratze herumhopsten und ein Missgeschick nach dem anderen entwickelten? Hatte er damals bereits, ohne es überhaupt begonnen zu haben, den Glauben an das Buch verloren, oder war es doch die etwas eintönige Phantasie der Kinder, die ihm diese Abende so schnell verleidet hatten? Papa, hör mal zu! Ich habe schon wieder eine gute Idee. Vielleicht könnte der Hund aus Versehen in den Hut eines Bettlers pinkeln oder an das Bein einer ganz feinen Dame, weil er es mit einem Baumstamm verwechselt hat. Jetzt habe ich es, Papa! Der Hund leckt auf der Straße die Kotze von einem Betrunkenen auf, wird selber betrunken und rennt gegen einen Baum oder einen Fahrradfahrer, der dann mit dem Gesicht in einen Scheißhaufen fällt.

Er schloss die Augen. Wen auf der Welt interessierten die Missgeschicke eines Hundes? Aber war das die richtige Fragestellung? Ging es nicht immer um die Darstellung und war es ihm nicht, als er sich Anfang März an die Niederschrift dieser Geschichte gewagt hatte, gleich am ersten Arbeitstag gelungen, der Geschichte einen festen Boden zu verleihen? Er hatte das doch bereits alles in seinen Notizbüchern fixiert. War es nicht zum Beispiel so, dass der Hund, der die Briefe schrieb, weil er nie eine Antwort bekam, von Tag zu Tag trauriger wurde, sogar die Lust an seinen Spaziergängen verlor und bald nur noch mit stumpfem Blick in seinem Körbchen saß, und war es nicht eine nahezu brillante Idee, dass nun das Herrchen des Hundes, welches durch einen Zufall den Grund für diese rätselhafte Traurigkeit aufgespürt hatte, sich dieser nun annahm und in langen Nächten still und heimlich und der Glaubwürdigkeit wegen unter Auslassung jeder orthographischen Regel mit der linken ungeschickten Hand zärtliche Antwortbriefe verfasste? Konnte man nicht diese ganze Konstruktion, die ihm Anfang März sogleich am ersten Arbeitstag so plastisch und strotzend und überdeutlich vor Augen erschienen war, als einen Einfall bezeichnen?

Er sank auf das Kissen zurück. Woher hatte er Anfang März nur die Kraft für diesen Einfall genommen? Woher hatte er in diesen Märzwochen die Zuversicht genommen, dass sich dieser Einfall nicht gleich, nach einigen Tagen, als Luftgebilde herausstellen würde? Lag es an der Unschuld dieses Einfalls? Lag es daran, dass dieser Einfall schon bald von Dutzenden kleiner Ideen in seinem Notizbuch umrankt wurde? Lag es daran, dass ihm die ersten beiden Briefe des Hundes, nach wenigen Tagen schon, wie von selbst und völlig mühelos in sein Notizbuch geraten waren? Was hatte ihm in diesen Märzwochen diese Leichtigkeit verliehen!

Er drehte den Kopf und sah zur Tür hin, die ins Wohnzimmer führte. War es wirklich allein der Einfall, der das triumphale Glück dieser Märztage ausgelöst hatte? War es nicht mindestens ebenso das Gefühl, ihm sei eine Rechtfertigung widerfahren, eine Rechtfertigung für all die traurigen Monate davor, als hätte er insgeheim in all den traurigen Monaten davor nur für diesen Moment Anlauf genommen? So zäh und unwert war ihm die Zeit vor diesen Märzwochen dahingeflossen, wie sie ihm auch jetzt wieder dahinfloss, und dann, mit einem Mal, hatte er sich wach und erholt und voller Tatendrang aus seinem muffigen Bett erhoben. Wie hatte er das nur vollbracht! Das war ja fast eine Auferstehung gewesen. Den Kindern war er plötzlich fröhlich und gut gelaunt begegnet, seiner Frau hatte er immer wieder ein versonnenes Schmunzeln entlocken können, und selbst der Hund hatte mit einer ständigen, freudigen Erregtheit zu ihm hinaufgesehen. Wie ein Äffchen, das Tag und Nacht und voller Überschwang nur in den höchsten Ästen turnt, so hatte auch er sich in diesen Märzwochen emporgeschwungen. Von einem klagenden Menschen hatte er sich zu einem bejahenden Menschen emporgeschwungen, von einem verzagenden zu einem zupackenden, von einem betulichen zu einem erbaulichen, von einem müden zu einem wachen, von einem apathischen Menschen zu einem lebhaften Menschen, von einem gelangweilten zu einem neugierigen, von einem lustlosen zu einem lustvollen, von einem tragischen zu einem komödiantischen, von einem ungeliebten zu einem geliebten, von einem uneitlen Menschen hatte er sich zu einem eitlen Menschen emporgeschwungen, der pfauengleich durch die Straßen lief und in blumigen Worten überall und laut verkündete, er arbeite gerade an einem Kinderbuch über einen Hund, der Briefe schrieb.

Er wandte den Kopf zurück und sah zur Decke hinauf. Warum nur hatte er die Arbeit an diesem Buch so bald wieder aufgegeben? Die Kinder hatten ihm doch, als er sie eines Abends stolz und aufgeregt um sich sammelte und ihnen die ersten beiden Briefe vorlas, lang anhaltend applaudiert. Weiter so, Papa! Selbst der erste Besuch der Dame von der Hausverwaltung, der in diese Märzwochen fiel, war von ihm abgeperlt, ganz so, als hätte er durch die Arbeit an dem Buch ein schützendes Häuschen um sich errichtet, aus dem er fernab der Wirklichkeit und nur aus reiner Neugier den Gang der laufenden Ereignisse verfolgte.

Hatte seine Frau ihm das nicht sogar vorgeworfen? Hatte sie ihm nicht vorgeworfen, dass er, anstatt sich zumindest ein wenig ihrer schwierigen Wohnungssituation zu stellen, ausschließlich in sein Buch zurückziehe? Es gefällt mir ja, dass du an deinem Buch arbeitest, aber das ändert nichts daran, dass einer von uns nächsten Donnerstag bei der Mieterberatung vorstellig werden muss, und ich bin leider wieder bei der Arbeit.

Er schloss die Augen. Vielleicht hätte er noch mehr Termine verstreichen lassen müssen. Vielleicht hätte ihn das Wohnungsproblem niemals eingeholt, wenn er sich ihm gar nicht erst gestellt hätte. Nach der ersten Mieterberatung war er doch bereits wie von dem Wohnungsproblem verschluckt. Keine einzige Sekunde hatte er seitdem an dem Buch weitergearbeitet, kein einziges Mal mehr die bisherigen Seiten überflogen. War der letzte Gedanke, den er an das Buch verwendet hatte, nicht der gewesen, dass der Hund, wie von einer schlimmen Krankheit angefasst, von Tag zu Tag schwächer wurde, weil er sich, aus Angst davor, einzubrechen, nicht mehr in die Küche an sein Näpfchen wagte?

Er öffnete die Augen. War das Buch daran gescheitert, dass er es ihrer schwierigen Wohnungssituation nicht anpassen konnte? Hatte er das Buch womöglich von Anfang an in einen viel zu engen Rahmen gefasst? War es womöglich sogar falsch, das Ganze von vornherein als Kinderbuch anzulegen? Hatte er sich dadurch nicht alles verbaut und sich selbst in einen Käfig gesperrt? Statt immer nur zwanghaft lustig seine stupiden Missgeschicke zu schildern, hätte er den Hund doch mindestens ebenso notwendig über seine Ängste und Albträume sprechen lassen können, über seine Beziehungs- und Identitätskrisen. Und warum hatte er sich überhaupt zum Verfasser dieser Briefe einen Hund auserkoren? Wagte er sich nicht mehr an Menschen heran? Sollte nicht sogar einer der Grundpfeiler des Buches darauf beruhen, dass derjenige, der seinem Hund die Briefe beantwortete, sein Herrchen also, um sich besser in diese Briefe einzufinden, selbst wie ein Hund zu betragen begann? War nicht ebenfalls geplant, dass dieses Herrchen nicht nur großen Gefallen an der hündischen Daseinsweise fand, sondern sie bald auch schon offen auslebte und sich aus dieser Verwandlung heraus, die sich mit ihm vollzog, die täglich sich verschärfenden Konflikte mit seiner Frau ableiteten, über die der junge Leser wiederum aus den Briefen des Hundes an das Hundeweibchen erfahren sollte?

Er stöhnte auf. Welche Infantilität hatte da zu ihm gesprochen und warum war es ausgerechnet diese Idee der Verwandlung gewesen, für die er von seiner Frau, als er sie ihr an einem noch kalten Märzabend vorgestellt hatte, am meisten Applaus geerntet hatte? Du als Hund! Das ist ja köstlich! Und daraus soll also die Dramaturgie entstehen. Da bin ich ja mal gespannt!

Wieder stöhnte er auf. Hatte seiner Frau vielleicht an dieser Idee gefallen, dass er sich freiwillig und ohne Not erniedrigte? Hatte es ihr gefallen, dass er seinen Stellenwert innerhalb der Familie derart nach unten korrigierte? Oder war sie, wie er auch, in diesen Märztagen nur auf der glänzenden Oberfläche dieser Idee spaziert und hatte sie ebenso wenig verstanden wie er selbst? Warum wurde ihm erst jetzt, in diesem Moment, bewusst, dass es sich bei der Verwandlung des Schriftstellers nicht um eine kauzige

Idee, sondern um die Flucht eines zutiefst verzweifelten Menschen vor sich selbst handelte, eines Menschen, der nur noch einen Bezug zu sich herstellen konnte, indem er sich der absoluten Lächerlichkeit preisgab und auf allen vieren den Küchenboden abschnupperte? Warum schrieb er nicht über einen solchen Menschen! Traute er sich an große Themen nicht mehr heran! Hatte er sich mit dieser Idee derart vor sich selbst blamiert, dass sie ihn für Jahre aus jedem weiteren literarischen Versuch herauskatapultiert hatte! War diese Idee vielleicht nicht nur sein Ende als Schriftsteller, sondern auch sein Ende als Mensch? Was unterschied ihn denn noch von einem Hund? Lag nicht auch er den ganzen Tag nutzlos herum und entzog sich nicht auch er jeder Verantwortung? Wenn seine Tochter ihn bis vor ein paar Wochen hin und wieder vorsichtig gefragt hatte, wie denn die Geschichte weitergehe, dann hatte er immer nur geschluckt und die Kehle war ihm so trocken, dass er nicht antworten konnte. Aber was hätte er auch antworten sollen? Seine Tochter war doch noch ein Kind. Wie hätte er ihr erklären sollen, dass es der richtige Impuls gewesen war, dieses Buch aufzugeben, und dass dieser Impuls bis auf weiteres das Letzte in seinem Leben sei, worauf er noch stolz sein konnte?

Er schloss die Augen. War dieser Impuls damals tatsächlich einer Einsicht entsprungen? Hatte dieser Impuls einen Wert? War wenigstens dieser Impuls aus ihm heraus gekommen? Oder war es allein das Wohnungsproblem, das ihn dazu getrieben hatte, die Arbeit an diesem Buch einzustellen?

Erneut stöhnte er auf. Dann öffnete er die Augen, und während er jetzt bereits eine Weile tumb zur Decke hinaufgestarrt hatte, sah er sich plötzlich an jenem sonnigen Frühlingstag, den Stift noch in der Hand, aus seinem Arbeitszimmer in das Wohnzimmer treten, in das seine Frau ihn, durch die Tür, mit dringender Stimme zu sich beordert hatte. »Da musst du jetzt hin!«, hatte sie ihm, kaum dass er im Raum war, mit barscher Bestimmtheit entgegengeschmettert. »Wohin denn?«, hatte er gefragt. »Zu den Eltern von Ali«, hatte seine Frau geantwortet. »Welcher Ali?«, hatte er gefragt und einen Blick zu seinem Sohn geworfen, der mit hochgezogenen Beinen, den Kopf gegen das Knie gelehnt, auf dem Sessel mit den Tränen kämpfte. »Du weißt schon, welcher Ali. Der Ali aus der Schule!«

Er senkte den Blick in den Raum hinab und legte sich die Hand auf die Stirn. Wann war das eigentlich gewesen? Die Sonne wärmte bereits wie im April. War er nicht sogar am darauffolgenden Tag erstmalig bei der Mieterberatung vorstellig geworden, und warum war seine Frau ausgerechnet an diesem Nachmittag zu Hause geblieben? Es konnte sich unmöglich um ein Wochenende gehandelt haben, schließlich war sein Sohn auf dem Rückweg von der Schule angegriffen worden. Die Mutter eines Kindes aus der Klasse ihrer Tochter hatte bei ihnen angerufen. Sie hatte gesehen, wie ihr Sohn auf der Straße von Ali und einem anderen Jungen erst abgefangen und bespuckt und dann ins Gesicht geschlagen worden war. »War es denn wirklich Ali?« Diese Frage hatte er an seinen Sohn gerichtet. »Natürlich war es Ali!«, hatte seine Frau gerufen, und obwohl sein Sohn ihm die Frage weder bestätigen noch verneinen wollte, hatte er daran auch nicht den geringsten Zweifel gehegt. Ali war das bekannteste Kind der ganzen Schule. Pausenlos sprachen alle Eltern über ihn. Im ganzen Bezirk war Ali immerzu Tagesthema. Bereits drei Mal war er von der Polizei aus der Schule abgeholt worden. Zwei Mal, weil er ein anderes Kind fast krankenhausreif geprügelt hatte, das dritte Mal, weil er einer Lehrerin mehrfach gedroht hatte, sie abzustechen. Wie sich später jedoch herausstellte, hatte er gar kein Messer dabei. »Ich halte es für keine gute Idee, zu Alis Eltern zu gehen.« Warum hatte er damals, an diesem sonnigen Frühlingstag, diesen Satz nicht besser begründet? Oder hatte ihm seine Frau vielleicht gar keine Zeit für eine Begründung gelassen? Es war ja gar nicht lang her gewesen, dass er sich im Park mit einem Vater unterhalten hatte, dessen Sohn eine ganz ähnliche Erfahrung mit Ali machen musste und der Alis Eltern daraufhin tatsächlich aufgesucht hatte. Von dem guten Gebäck, das es bei Alis Eltern gab, hatte dieser Vater geschwärmt und dass er zu Beginn des Gespräches Alis Vater hoch und heilig das Versprechen abgenommen habe, Ali wegen dieser Sache nicht zu bestrafen, sondern ihm nur sanft ins Gewissen zu reden. Trotzdem, so war der Vater fortgefahren, fehlte Ali die ganze darauffolgende Woche in der Schule. Den Sportunterricht, das sei ja bekannt, verweigere Ali deswegen, weil er immer mit blauen Flecken übersät sei. »Du hältst es ja nie für eine gute Idee, etwas zu tun, was dir unangenehm ist!« »Aber ich gehe doch morgen schon zur Mieterberatung.« Hatte er das wirklich gesagt und was war es nur für ein Pech, dass seine Frau ausgerechnet an diesem Tag frei genommen hatte. Oder war sie krank und deshalb so gereizt? »Zur Mieterberatung! Puh, da hat der Herr ja richtig viel vor sich. Einen Termin pro Woche, da kann man schon mal außer Atem kommen.«

Er schüttelte den Kopf. Weder hatte seine Frau so zu

ihm zu gesprochen, noch würde sie jemals so zu ihm sprechen. Nur war sie an diesem Tag von dem Entschluss, man müsse jetzt sofort mit Alis Eltern sprechen, nicht mehr abzubringen. »Das kann doch nicht so weitergehen. Dieser Junge kann doch nicht einfach einem meiner Kinder ins Gesicht schlagen. Ich will doch nicht immerzu ein schlechtes Gefühl haben, sobald die Kinder draußen auf der Straße sind.«

Er schloss die Augen. Natürlich hatte seine Frau mit jedem einzelnen dieser Sätze recht. Es gab auch nichts an diesem Vorfall, was sich auf irgendeine Art und Weise beschönigen ließ. Allerdings wäre dieser Vorfall niemals ans Tageslicht gekommen, wenn die andere Mutter diesen Vorfall nicht beobachtet und bei ihnen angerufen hätte. Nicht das Geringste hatte sich sein Sohn anmerken lassen, als er an diesem Nachmittag nach Hause gekommen war. Erst als er von seiner Mutter zu dieser Sache befragt worden war, war er in Tränen ausgebrochen. Sein Sohn hätte diesen Vorfall am liebsten unter den Teppich gekehrt, und nur, weil sein Sohn auf dem Sessel umso mehr verzagte, je entschlossener seine Mutter eine Handlung einforderte, also eigentlich, um den Schaden abzuwenden, den seine Frau hervorgerufen hätte, wenn sie nun selbst zu Alis Eltern gegangen wäre, hatte er so schnell und gegen seine Überzeugung eingelenkt. »Wenn du meinst, dass es sinnvoll ist, dann gehe ich jetzt. Mich hat ohnehin schon immer interessiert, wie diese Leute hier leben. Deshalb ist das für mich auch keinesfalls ein verschenkter Nachmittag.«

Er öffnete die Augen. Hatte er, der größeren Glaubwürdigkeit wegen, nicht sogar noch behauptet, dass er nur noch schnell im Badezimmer seine Strümpfe wechseln wolle, bevor er zu Alis Eltern aufbreche? Er hatte doch eigentlich an diesem Nachmittag alles richtig gemacht, und auch deshalb genoss er die ganzen nächsten Tage nicht nur die Erleichterung, sondern auch den Stolz, mit dem ihn sein Sohn betrachtete. »Weißt du, Papa, diese Angelegenheit hast du wirklich äußerst elegant und auf sehr diplomatische Weise geregelt.« Hatte sein Sohn wirklich so zu ihm gesprochen? Hatte sein Sohn überhaupt jemals mit ihm über diesen Nachmittag gesprochen? »Weißt du, Papa, das war ganz toll von dir. Ich bin ja mit Ali eigentlich sogar ein bisschen befreundet. Beim Fußball auf dem Pausenhof bin ich immer der Einzige, der Ali Paroli bietet, und in Wahrheit hat Ali viel mehr Respekt vor mir als ich vor ihm. An diesem Nachmittag war nur blöd, dass Ali einen Freund dabeihatte, den ich nicht kannte. Ali dreht halt manchmal durch. Aber es war ja keine schlimme Ohrfeige, die er mir gegeben hat, und erst recht kein Grund, gleich zu seinem Vater zu gehen. Du weißt ja, wie Alis Vater ist. Und deshalb habe ich dann an diesem Nachmittag, als du gegangen bist, zum Himmel gefleht, du würdest genau so handeln, wie du gehandelt hast. Der einzige Fehler, Papa, wenn ich dir das sagen darf, den du begangen hast, war der, dass du, als du an diesem Nachmittag schon aufbruchbereit im Flur standest, den Hund noch hinter dir hergerufen hast. Vielleicht hat Mama schon etwas geahnt, als sie so streng gesagt hat: Der Hund bleibt natürlich hier! Denn es weiß ja eigentlich jeder und selbst du müsstest das wissen, Papa, dass in den meisten dieser Familien Hunde äußerst unerwünscht sind.«

Er öffnete die Augen. Hatte seine Frau damals, als er den Hund zu sich gerufen hatte, bereits seine Absicht erkannt,

Alis Eltern nicht aufsuchen zu wollen? Hatte sie ihn vielleicht deshalb, als er später am Abend wieder nach Hause kam, erst gar nicht gefragt, was er bei Alis Eltern erreicht hatte? Oder hatte sie schon an diesem Abend bemerkt, dass dieser Vorfall etwas viel Tieferes und Bedeutenderes in ihm bewirkt hatte, dass er diesen Vorfall seinem Sohn regelrecht entrissen hatte und nun selbst schwer an ihm trug?

Er seufzte auf. Unten auf der Straße hatte er draußen, am Stehtisch des Kiosks, einen Kaffee getrunken. Dann war er mit einer frischen Zeitung unter dem Arm in den Park geschlendert und hatte dort, von einer Bank aus, zu dieser Zeit noch aus schriftstellerischer Motivation, den Hunden auf der Wiese beim Spielen zugeschaut. Hatte er sich an diesem Tag im Park nicht sogar noch geärgert, dass er sein Notizbuch zu Hause vergessen hatte? Oder hatten an diesem Tag gar keine Hunde in dem Park getobt? Hatte er die ganze Zeit auf eine leere Wiese gestarrt? War es nicht sogar weniger der Vorfall seines Sohnes als vielmehr diese Verlassenheit, die ihn im Park plötzlich umfing, die dann mit so herrischer Wucht das Bild des kleinen Ali in seinem Kopf heraufbeschwor? Wie lange hatte er vor diesem Tag nicht mehr an den kleinen Ali gedacht! Jahrzehnte mussten seit dem letzten Mal vergangen sein. Und wie wenig hatte er ihn vermisst! Wieso war der kleine Ali ausgerechnet an diesem Nachmittag wieder aufgetaucht? Zu jeder Stunde, zu jeder Minute, fast jeden Augenblick fühlte er sich seitdem von dem kleinen Ali berührt. In Gestalt eines melancholischen Nebels, wie ein schleichendes Gift, das ihn immer unerbittlicher lähmte, so war der kleine Ali zu ihm zurückgekehrt. Dabei war der kleine Ali, über bestimmt zwei Jahre seiner Kindheit hinweg, sein einziger Freund gewesen.

Er hob den Blick zur Decke hinauf. Der kleine Ali war ihm im Fernsehen begegnet. Ein Tag aus dem Leben des kleinen Ali war ein vielleicht zehn Minuten langer Beitrag in einer Kindersendung gewesen, die er im Alter von acht oder neun oder zehn Jahren gesehen haben musste. Allerdings sah er diesen Beitrag heute noch wie damals vor sich. Dieser Beitrag hatte ihn überwältigt. In Ali hatte er sich gespiegelt. Zwar lebte Ali nicht wie er in einem prächtigen, alten Haus auf einem riesigen Grundstück mit allerhand Tieren und Seezugang, sondern irgendwo in Deutschland in den beengten Verhältnissen einer ärmlichen Neubausiedlung, aber wie er war auch Ali das einzige Kind seiner Eltern. Wie er war auch Ali erst vor kurzem zugereist. Wie er war auch Ali ein Fremder in seiner Umgebung, und so wie er von den Kindern in seinem Dorf, so wurde auch Ali von den Kindern in seiner Siedlung verhöhnt und verlacht, gestoßen und geschubst. Wie bei ihm hielten sich auch bei Ali die anderen Kinder die Nase zu, wenn er sich näherte, und wie er saß auch Ali immer allein auf seiner Schulbank. Die Nachmittage verbrachte Ali, wie er, immer nur mit seiner Mutter, und genau wie er brütete auch Ali die meiste Zeit über furchtbar schweren Hausaufgaben, bevor Ali dann wie er auch, nachdem sie beide noch eine halbe Stunde fernsehen durften, ins Bett gehen musste. Alles, was er aus diesem Beitrag über Ali erfahren hatte, erfuhr er täglich selbst. Wer, außer Ali, konnte ihn überhaupt verstehen? Mit wem ließ sich besser sprechen als mit Ali? Ali war immer da gewesen. Ali war da, wenn er sich nachts in dem großen Haus fürchtete und wenn er mit den Tränen kämpfte, weil ihm der nächste Tag bevorstand. Im Bus auf dem freien Platz saß Ali neben ihm. Ali war bei ihm, wenn er sich in den Schulpausen, um nicht auffindbar zu sein, bis es wieder läutete, auf der Toilette einschloss, und Ali war bei ihm, wenn er morgens, anstatt zum Bushäuschen ins Dorf zu gehen, in ein Gebüsch am Rande des Grundstücks hineinkroch, in dem er sich dann, bis die Schule endete, versteckt hielt. Ali war bei ihm, wenn er die Hose über seine dünnen Beine zog, wenn er vor dem Spiegel eine Grimasse schnitt, wenn er mit ungeschickten, blau verfärbten Fingern die Füllerpatrone wechselte, wenn er gegen seinen Würgreiz einen Eintopf löffelte. Bei jedem Blick, jedem Wort, jeder Bewegung hatte Ali ihn begleitet und auch jetzt begleitete er ihn wieder. Stand dort oben an der Decke nicht groß sein Name! Sah er nicht mit seinen dunklen Augen zu ihm hinab?

Er schreckte auf und fuhr aus dem Kissen hoch. War der kleine Ali vielleicht sein ungebetener Gast? Nie mehr hatte er sich seit diesen Kindheitstagen so hilflos gefühlt wie jetzt. Als ob er wieder verstockt und verzagt, erschrocken und panisch in dem Gebüsch am Rande des Grundstücks kauerte, so lebte er seit diesem Nachmittag, an dem der kleine Ali ihm im Park auferstanden war, dahin. Nichts, was ihn noch vor wenigen Monaten beseelt hatte, hatte seine Farbe behalten. Morgens erwachte er in einem grauen Zimmer, und im Badezimmer, wenn er sich dann lustlos die Zähne putzte, erblickte er einen grauen Menschen im Spiegel, der gleich mit mutlosen Schritten, einen freudlosen Hund an seiner Seite, durch die graue Straße in den ausgedörrten Park schlendern würde. Wie in diesen Kindheitstagen erschien ihm auch jetzt jede Stunde endlos und wie in diesen Kindheitstagen fühlte er sich nur sicher, wenn er seinen Kopf unter einem Kissen verbergen konnte, wenn niemand etwas von ihm forderte, niemand zu ihm sprach, niemand ihn sah. So wie er sich in diesen Kindheitstagen nicht von dem Grundstück gewagt hatte, so wagte er sich jetzt nicht mehr aus seinem Zimmer, und so wehrlos er sich damals gefühlt hatte, stumm dem Unglück hingegeben, so fühlte er sich auch jetzt. Warum hatte er seinen Kindern nie von dem kleinen Ali erzählt? Warum hatte er nie mit seiner Frau über ihn gesprochen? Warum konnte er den kleinen Ali nicht einfach aushauchen? Warum öffnete er nicht das Fenster und schrie den kleinen Ali in den Abend hinaus? Warum rannte er nicht zum Arzt und ließ ihn sich wegschneiden? Warum klopfte er nicht bei der Nachbarin und stieß ihn in ihren Flur? Was hatte ihn dazu auserkoren, an dem kleinen Ali zugrunde zu gehen? »Hier ruht der einzig wahre Freund des kleinen Ali.« Würden seine Kinder vielleicht noch im hohen Alter an dieser Grabinschrift rätseln oder interessierte es sie gar nicht, wo er beerdigt war?

Er sank auf das Kissen zurück. War es nicht, auch wenn es nur hier, im Stillen, geschah, durch und durch vermessen zu behaupten, er sei Alis einzig wahrer Freund gewesen? War es nicht vielmehr so, dass Ali sein einzig wahrer Freund gewesen war, und war es nicht auch so, dass nicht Ali, sondern er diese Freundschaft erneuert hatte? Ali war der letzte Mensch, der ihm geblieben war. Musste er nicht allein deshalb Kontakt zu ihm suchen? Warum ging er dieser Geschichte nicht nach? Das war doch seine Geschichte. Anstatt sich hier im Bett zu zermürben oder sich am Schreibtisch an ein paar überspannten Zeilen an den amerikanischen Investor abzuarbeiten, die dieser doch ohnehin sofort wieder aus seinem Flugzeug segeln lassen würde, galt es doch jetzt, vor allem anderen, einen Brief an den kleinen Ali zu verfassen. Gleich morgen früh würde er beim Fernsehen anrufen und fragen, ob noch jemand lebte, der sich an Alis damalige Adresse oder wenigstens an seinen vollständigen Namen erinnerte, und wenn diesem Versuch kein Erfolg beschieden sein würde, dann musste er halt ab nächster Woche, koste es, was es wolle, in allen überregionalen Zeitungen eine Anzeige starten: Wer außer mir erinnert sich noch an den kleinen Ali? Antwort bitte an: …

Er schloss die Augen. Ob der kleine Ali sich wohl über einen Brief von ihm freuen würde? Was würde der kleine Ali mit diesem Brief machen? Würde er ihn lange anstarren, um ihn dann an seine inzwischen stark behaarte Brust zu drücken? Würde er diesen Brief noch am gleichen Abend unter Tränen seiner Frau vorlesen und nachts seinen Kopf auf ihn betten? Würde dieser Brief ihm vielleicht sogar dabei helfen, den Schmerz, den er noch aus jenen Tagen in der Siedlung in sich trug, zu lindern? Oder würde er den Brief und seinen Verfasser verfluchen? Würde er den Brief nicht nur verbrennen, sondern auch noch die Asche zertrampeln, weil erst durch diesen Brief seine damalige Not, längst vergessen und verwunden, sich jetzt wieder in seine Tage drängte?

Er öffnete die Augen. Durfte er Ali wirklich diesen Brief schreiben? Vielleicht trieben auch Ali in diesen Tagen ganz andere Sorgen um. Vielleicht stritt auch Ali in diesen Tagen immerzu mit seiner Frau. Vielleicht lag auch Ali in diesen Tagen die meiste Zeit allein in seinem Bett. Vielleicht ballte auch Ali in diesen Tagen seine Faust gen Himmel, dem amerikanischen Investor entgegen, und vielleicht konnte deshalb auch in diesen Tagen nichts schlimmer auf Ali wirken, als durch einen Brief an sein Leben in der Siedlung erinnert zu werden. Vielleicht würde dieser Brief ihn in diesen Tagen vollends ins Wanken bringen.

Er schloss die Augen. Musste dieser erste Brief, den er Ali schreiben würde, nicht sogar etwas Heiteres im Ton haben? Musste Ali diesen ersten Brief nicht gern lesen? Musste dieser erste Brief nicht bewirken, das Ali fortan jeden Morgen klopfenden Herzens und mit einer freudigen Erwartung den Briefkasten öffnete? Vielleicht sollte er in diesem ersten Brief sogar die sich absenkenden Böden weglassen. Vielleicht sollte er in diesem ersten Brief nur von dem Fleiß seiner Frau berichten, den guten Noten, die sein Sohn nach Hause brachte, der Tierliebe seiner Tochter. Vielleicht könnte er Ali diesen Brief dann sogar persönlich überbringen. Vielleicht täte ihm gerade diese Zugreise wohl. Vielleicht würde er unterwegs noch eine große Tafel Schokolade für Ali kaufen oder eine Tüte mit getrockneten Datteln. Vielleicht würden Ali und er tatsächlich Freunde werden. Vielleicht würden Ali und er ein gemeinsames Wohnprojekt ins Leben rufen. Vielleicht würden ihn Ali und diese Reise trösten. Ein amerikanischer Investor, sagen Sie. Und da machen Sie sich Sorgen? Wir leben doch hier in einem Rechtsstaat. Erzählen Sie mir lieber noch ein wenig von Ihrer Frau, von der Sie mir schon so viel geschrieben haben. Es scheint sich ja um eine sehr tüchtige Frau zu handeln. Nicht dass ich unbedingt tauschen wollte, aber wissen Sie, eine gute Frau ist heutzutage schwer zu finden, und was Sie mir von Ihren drei, oder waren es zwei?, Kindern geschrieben haben, da können Sie doch auch zufrieden sein. Wenn ich Ihren Worten glauben darf, und warum sollte ich zweifeln, sind die beiden doch auf dem Weg, anständige Menschen zu werden. So ein Leben, wie Sie es zu führen scheinen, mein Freund, sollte man schützen. So ein Leben hat einen großen Wert. Und jetzt gehen Sie. Kehren Sie wieder zu Ihrer Familie zurück. Ihr Brief hat mich wirklich gerührt, und dass Sie diesen langen Weg auf sich genommen haben, um ihn mir selbst auszuhändigen, lässt mich mehr als staunen. Aber nun entschuldigen Sie mich bitte wieder. Meine Frau kommt gleich von der Arbeit und dann wollen wir mit unseren Jungs etwas essen.

Er öffnete die Augen und sah zur Decke hinauf. Ob seine Frau und die Kinder wohl auch so viel an ihn dachten wie er an sie? Wo mochten sie gerade sein? Saßen sie vielleicht in einem Zug an einem kleinen Tisch? Sprachen sie über ihn? Vielleicht beugte sich seine Frau, just in diesem Moment, mit ernstem Gesicht über den Tisch zu den Kindern vor. Wisst ihr, Kinder, euer Vater ist deshalb so schwierig derzeit, so freudlos und unnahbar, weil er sich schämt. Er schämt sich wie jemand, der ein Geschenk, kurz bevor er es überreichen wollte, aus Unachtsamkeit verloren hat. Er hat dieses Geschenk aber nicht im Park verloren und auch nicht in der Wohnung, weder ist es ihm aus der Tasche gefallen, noch hat er es verlegt, sondern er hat es in sich verloren. Deshalb ist er auch immer so abwesend. Tag und Nacht gräbt er in sich herum. Ihr glaubt gar nicht, Kinder, was für eine Finsternis in eurem Vater herrscht und wie fast unmöglich es ist, dort in den Tiefen etwas aufzustöbern. Aber da euer Vater ein fleißiger Maulwurf ist, wird er auch wieder auffinden, was er verloren hat, und an diesem Tag wird euer Vater sich wie von den Toten aus seinem Bett erheben und euch mit munterer Stimme zu sich rufen, denn das, was er euch dann zeigen möchte, ist seine Lebensfreude. Seid aber gewarnt, Kinder. Euer

Vater ist bisweilen ein Komödiant und macht sich einen Spaß daraus, euch etwas zu präsentieren, was er nicht besitzt. Ihr seht es an seinem Gesicht und spürt es an seiner Umarmung. Ist die Umarmung sperrig, sein Gesicht starr und sein Blick, statt zu euch, mehr in sich gerichtet, dann schickt ihn schnell wieder in sein Zimmer, bevor er noch ein Unglück über euch bringen kann.

Er atmete tief durch. Müsste er seiner Frau nicht sagen, dass ihm der gestrige Abend leidtat? Müsste er ihr nicht sagen, dass er gern mal wieder mit ihr in den Wald gehen würde, um Pilze zu sammeln, dass es ihm eine Freude wäre, mit ihr eine Rodeoshow zu besuchen? Müsste er ihr nicht sagen, dass er sie, nach seinem nächsten Einkauf, mit einem Glas Ingwermarmelade überraschen wolle und dass der Wirsingeintopf, den sie am letzten Wochenende gekocht hatte, ihm gut geschmeckt habe oder zumindest besser als der Eindruck, den sein Schweigen erweckt haben mochte? Müsste er ihr nicht sagen, dass er keine Angst davor hätte, mit ihr in eine kleinere Wohnung zu ziehen, dass allein ihre Anwesenheit jeden Raum in einen prächtigen Saal verwandelte? Müsste er ihr nicht sagen, dass er vor ein paar Tagen, in einem nahen Geschäft, eine schöne Vase entdeckt hatte und dass sie mal wieder eine Fahrradtour unternehmen sollten? Müsste er ihr nicht sagen, dass sie sich irgendwann darüber zu unterhalten hätten, ob sie sich, wenn der Hund in ein paar Jahren stürbe, stattdessen eine Handvoll Mäuse anschaffen sollten?

Er richtete sich auf. Konnte es wirklich sein, dass eine Maus, wie seine Tochter vor ein paar Tagen nicht müde geworden war zu berichten, tatsächlich nur einen Euro und fünfzig Cent kostete? Das war doch wirklich erschwinglich!

Warum kauften zu diesem Preis nicht viel mehr Menschen Mäuse und warum kam auch er erst jetzt auf die Idee, die Familie am nächsten Wochenende auf ein paar Mäuse einzuladen? Wäre das nicht eine gelungene Wiedergutmachung? Hätte er dann nicht wenigstens die Kinder für sich zurückgewonnen? Oder hatten die Kinder ihn schon aus ihrem Kopf gestrichen? Würden die Kinder, wenn er, den Hund an der Leine, vom gegenüberliegenden Bürgersteig aus beobachtete, wie sie das Schulgelände verließen, sobald auch sie ihn erblickten, sich scheu abwenden, als hätten sie gerade etwas Verbotenes erschaut? Würden die Kinder, vom kommenden Montag ab, sobald sie das Schulgebäude verließen, von mehreren großen, bemäntelten Männern abgeschirmt, in eine dunkle Limousine steigen müssen, die sie von nun an täglich an einen ihm für immer unbekannten Ort bringen würde? Und wie würde er sich über diesen Verlust hinweghelfen? Würde er sich nicht gerade deshalb am nächsten Wochenende trotzdem diese Mäuse kaufen, vier Stück sechs Euro? Würde er sich nicht gerade jetzt, nach der schlimmen Erfahrung der letzten Monate, mit aller Liebe und Sorgfalt um diese Mäuse kümmern und alles dafür tun, ihnen ein artgerechtes Leben in ihrem Käfig zu ermöglichen? Wären ihm diese Mäuse nicht ein ständiger Trost! Könnte er ihnen nicht Namen geben, die Namen seiner Kinder, seiner Frau und seinen eigenen, und hätte sein Leben dann nicht wieder einen Sinn? Würde er nicht schon nach wenigen Stunden versuchen, das Leben und das Treiben in diesem Käfig zu beschreiben, die kleinen Rangeleien und großen Streitigkeiten, das Aneinanderlehnen und Auseinandergehen? War das nicht sogar die winzige Umdeutung, nach der er in den letzten Monaten so erfolglos gestrebt hatte? Und konnte er den ungebetenen Gast nicht gleich mit in diesen Käfig setzen?

Er sah zum Schreibtisch hin. Warum hatte er seiner Frau eigentlich nie von dem Gespräch erzählt, das er vor ein paar Wochen mit dem vorherigen Hausmeister geführt hatte? Er sei zwar hier, in dieser Stadt, geboren, hatte ihm der vorherige Hausmeister in diesem Gespräch berichtet, aber schon als Kind habe sein Herz für die deutschen Mittelgebirge, insbesondere den Harz geschlagen. Seit Jahrzehnten verbringe er dort, immer in derselben Pension, seinen Urlaub, und der Abschied falle ihm von Mal zu Mal schwerer. Leider, da habe er schon vorsichtig nachgefragt, brauchten sie ihn in dieser Pension nicht, aber er habe sich jetzt ein Stellenmagazin abonniert und vielleicht gelinge es ihm auf diese Weise, irgendwo anders im Harz oder auch in Thüringen den Posten eines Hausmeisters zu ergattern. Sehen Sie, hatte der vorherige Hausmeister geendet, so träume ich vor mich hin.

Er sah zur Tür hin, die in den Flur führte. Würde seine Frau verstehen, warum er ihr diese Geschichte erzählte? Würde sie verstehen, warum er sich an diesem Nachmittag vor ein paar Wochen dem vorherigen Hausmeister so nah gefühlt hatte wie keinem anderen Menschen seit ewiger Zeit? Würde sie das überhaupt hören wollen? Müsste er ihr nicht vielmehr sagen, dass es für sie beide und die Kinder auch aufregend sein könne, in einen anderen Stadtteil zu ziehen? Müsste er ihr nicht sagen, dass er schon lange mit dem Gedanken schwanger gehe, dass ihm die Arbeit vermutlich sehr viel leichter von der Hand gehen würde, wenn er einen Spazierstock besäße? Müsste er ihr nicht sagen, dass er gestern Abend nur deshalb auf dem Hof der fast hundert Jahre alten Frau gewesen war, weil er neuerdings versuche, das Wohnungsproblem als Anregung zu verstehen, und dass er diesen Hof deshalb betreten habe, weil er dort einen literarischen Stoff gewittert hatte?

Er schüttelte den Kopf. Diese Lüge würde sie sofort durchschauen. Seine Frau war klug. Sie war klüger, als er es sich einzugestehen wagte. Alles, was sie tat, tat sie bewusst, und alles, was sie hörte, ordnete sie rasch und sorgfältig ein. Müsste er ihr darum nicht wieder etwas aus seiner Kindheit erzählen? Könnte er nicht auf sich weisen und, ohne sofort Mitleid erregen zu wollen, sagen, dass er derzeit wieder dieser kleine Junge sei, der, wie verloren, mit der juckenden Indianerperücke auf dem Kopf und dem Plastiktomahawk in der Hand, auf dieser maßlos weiten Wiese sitzt und mit seinen traurigen Augen in eine verschwommene Ferne schaut? Könnte er ihr nicht sagen, dass er noch nie eine Idee aus sprühender Laune und überbordender Fröhlichkeit geschöpft hatte, sondern immer nur aus deren Gegenteil? Oder wollte sie das alles gar nicht hören?

Mit Schwung wandte er seinen Kopf zum Schreibtisch um. Hatte seine Frau ihn deshalb verlassen, damit er all diese Worte zu sich selbst sprach? Aber was erhoffte sie sich davon? Hoffte sie vielleicht, dass einer dieser Sätze ihm ein Antrieb werden könnte, dass er von einem dieser Sätze, plötzlich mitgerissen, wie ein Schlafwandler mit selbstverständlichem Schritt zu seinem Notizbuch vortreten würde? O du listige Frau! Welche Durchtriebenheit! Hatte sie den Hund darum bei ihm gelassen, damit er nicht, wenn er erst einmal den ersten Satz errungen hatte, völlig blind und besinnungslos in der Arbeit verging, sondern durch die notwendigen Gänge daran erinnert wurde, dass es ein Außen gab? O welch weise Voraussicht! Hatte sie ihn vielleicht nur deshalb verlassen, um ihrer beider Liebe zu retten?

Er schlug sich an die Stirn. Was war er für ein Narr! Wie hatte er mit dieser Frau streiten können? Ein Denkmal hätte ihr gebührt! Oder war auch dieser Streit Teil ihres Plans? Hatte sie diesen Streit nur deshalb geschickt heraufbeschworen und dann immer weiter geschürt, damit er besser in seinen Text hineinfand? Sollte dieser Streit seinen Text sogar eröffnen?

Er legte den Kopf in den Nacken und sah zur Decke hinauf. War das schon der Satz? War das tatsächlich der Satz, nach dem er die ganze Zeit gesucht hatte?

Langsam stieg er aus dem Bett, trat zum Fenster vor und sah auf die abendlich graue Straße hinunter. Dann wandte er sich zu seinem Schreibtisch um, griff nach dem Stift und schrieb über sein Notizbuch gebeugt: Am Abend hatte ich mit meiner Frau gestritten. Lange sah er auf den Satz hinab. Dann blickte er wieder zum Fenster hinaus. Was war er nur für ein gewöhnlicher Mensch und wie erhebend war es schon jetzt, sich wieder als dieser gewöhnliche Mensch zu fühlen. Wie viele Geschichten ließen sich wohl aus diesem Satz formen?

Er sah auf seine Hände hinab und fühlte plötzlich ein Lächeln im Gesicht. War es nicht regelrecht unheimlich, nicht nur, was für ein gewöhnlicher, sondern auch was für ein exemplarischer Mensch er war? Zwei Kinder, eine Frau, viel halbes, wenig ganzes Glück, und eine Kleidergröße, die ihn nur deshalb manchmal etwas nicht finden ließ, weil es schon zu viele vor ihm verlangt hatten. Könnte nicht allein diese Durchschnittlichkeit seinem Buch Gültigkeit verleihen?

Er rieb sich die Hände. Dann beugte er sich wieder zu seinem Notizbuch hinab. Ja, dachte er, dieser Satz war voller Klarheit und streng wie eine Waffe. Das war der Satz, der alle anderen fordern würde. Der Hund!, schoss es ihm in den Kopf. Er musste noch mal mit dem Hund hinunter! Sollte er das jetzt gleich tun und durfte er bei dieser Gelegenheit unten vielleicht noch ein Bier trinken? War dieser Satz nicht Anlass genug, heute, ein letztes Mal, still und ganz für sich, ein wenig zu feiern? War es nicht nur vernünftig, sondern auch gesund, sich heute erst einmal mit diesem Satz vertraut zu machen, ihn von oben und unten, vorne und hinten zu betrachten, ihn ein wenig in der Hand zu kneten, ihn in die Tasche zu stecken und wieder hervorzuziehen, mit ihm den Park zu durchwandern und auf dem Rückweg ein kleines Stück auf ihm zu reiten?

Mit einem Ruck wandte er sich um und klatschte in die Hände. Komm!, rief er mit scharfer Stimme.

Der Hund sah ihn mit blutunterlaufenen Augen an. Wieder blähten sich seine Lefzen. Nur mühsam und unwillig erhob er sich auf seine vier Pfoten, und kaum dass er stand, erbrach er sich auch schon auf den Boden.

Der Ball, dachte er, und während er dem Hund dabei zusah, wie dieser nun den Kopf senkte, um das Erbrochene scheinbar klaglos wieder aufzuschlecken, fühlte er, wie ihm die Beine, die doch gerade noch so stark im Raum gestanden hatten, von einer erneuten Beklemmung weich wurden.

ENDE

MIX
Papier aus verantwortungsvollen Quellen
FSC® C083411
FSC
www.fsc.org

4. Auflage 2011

Umschlaggestaltung: Nina Rothfos & Patrick Gabler, Hamburg
Typografie: Birgit Thiel, Berlin
Gesetzt aus der Baskerville von Greiner und Reichel, Köln
Druck und Bindung: CPI – Clausen & Bosse, Leck
Printed in Germany
ISBN 978-3-8270-1035-3

www.bloomsbury-verlag.de

BLOOMSBURY
LONDON • BERLIN • NEW YORK • SYDNEY